ALS
苦しみの壁を超えて
――利他の心で生かされ生かす

谷川彰英

明石書店

ALS　苦しみの壁を超えて

利他の心で生かされ生かす

はじめに

「自分は幸福空間に生きている！」と考えるようになりました。以前は「不思議な幸福空間に包まれている」と感じていたのですが、本書を書き上げる中でそれは確信に変わりました。

２０１９年５月にＡＬＳ《エーエルエス》（筋《きん》萎《い》縮《しゅく》性《せい》側《そく》索《さく》硬《こう》化《か》症《しょう》）の宣告を受けてから、手足は全く動かず発声もできない状態が続いているのに、なぜか幸福空間に生きていると感じるのです。それは、不治の難病と言えども、人間の精神の自由を奪うことはできないと考えるからです。

生死の境をさまよう絶望の底から「生きる！」を選択し、本の執筆を続けてきました。ＡＬＳ宣告後出した本は、本書で９冊目になりますが、これはどんな苦境にあっても諦めず強い意志を持って生きようとすれば道は開けることを示唆しています。

ＡＬＳを発症したのは72歳、宣告されたのは73歳の時でした。その時はこのまま人生を終えても悔いはないと覚悟を決めました。医師からはよくて３、４年の命だと言われたからです。ところが私はまだ生きている！　この最後のステージを用意していただいたことに感謝しています。

私はこのステージで多くのことを学びました。それまでの人生観・価値観をひっくり返すような体験をしました。それは一言で言えば、人間の優しさ・強さ・素晴らしさの覚醒《かくせい》でした。そして、それは人と人がつながることの大切さに気づかせてくれました。人とつながる素晴らしさを教えてくれたのは、何と見ず知らずの大分市の小学校６年生たちでした。純粋でストレートな優しさに溢れた手紙を読んで、感動の涙を抑えるために何度天を仰いだかわかりません。その後子どもたちとの交流は甲府市の山梨英和中学校の生徒たちにも広がって現在に至っています（中学生との交流については本書第２章で詳しく述べました）。

ＡＬＳに罹患《りかん》することによって心の交流のできる仲間の輪が広がると同時に、以前からお付き合いいただいていた人との交流もぐんと深まりました。本書の帯に推薦文を書いていただいた林真理子先生もそのお一人です。

「辛いご病気と戦う中で、さらに知性と洞察力がとぎすまされているのだとつくづく思います。谷川さんとめぐり合う子どもたちが、みな感動を得て、成長していくさまが素晴らしい。」

涙にむせびました。考えてみれば、私の人生は幾重にも重なった裃《かみしも》を着せられた侍であったように思います。大学教授・副学長・学会会長・研究所理事長などの肩書きは皆裃です。そんな裃を脱ぎ捨てることによって、初めて「そのままの人間」が見えてきたのです。

「人間万事塞翁が馬」という諺があります。「人生は良いことも悪いことも先行きは不明で、終わってみなければわからない」といった意味ですが、まさにその通りです。ALSという難病に罹患したことは限りなく不幸なことですが、今の私は幸福空間に包まれています。

本書のストーリーは2024年1月に千葉県市原市で開催された、文化人によるオープンカレッジで行われた講座「ALS　それでも人はなぜ生きる⁉」がベースになっています。第1章で私の「生きる！」宣言をした後、第2章から第6章まではこの2年間に起こったヒューマンドラマを描き、第7章で再び講座の会場に戻るという構成です。お読みいただければ、「苦しみの壁を超えて」、どのようにして「利他の心で生かされ生かす」の境地にたどり着いたかをご理解いただけると思います。

終章として、さかもと未明さんとの対談SPを盛り込みました。難病の膠原病《こうげん》を抱えながら活動を続けるアーティストの生き方に、生きる勇気と希望を持っていただけると確信して企画しました。
本書の出版に当たっては、明石書店社長の大江道雅様の格別なご高配を賜りました。伝統ある明石書店の1冊として読者に広く迎えられることをお祈り致します。編集の実務をご担当いただだいた株式会社APERTOの清水祐子様には、書名から本の構成をはじめ拙文の校正に至るまで、目から鱗のような貴重な示唆をいただきました。お2人の慧眼《けいがん》に改めて感謝申し上げます。

谷川彰英

2024年8月

目次

第1章

人間は人間を幸福にできる！きっと

1　私の「生きる！」宣言

（一）でも、私は負けない！

ＡＬＳ《エーエルエス》（筋《きん》萎《い》縮《しゅく》性《せい》側《そく》索《さく》硬《こう》化《か》症《しょう》）という病気をご存じですか。全身の筋肉が動かなくなり、最後には眼球しか動かなくなるという残酷な難病です。原因は不明で、現代医学では治療法はないと言われています。

私は６年前の２０１８年２月に発症し、翌２０１９年５月にＡＬＳの宣告を受けました。それ以降手足は全く動かず、人工呼吸器を付けているために発声もできません。外出できたのはこの５年間でたったの４回ですし、日ごと周囲の人たちとコミュニケーションを図るのも難儀です。正直苦しいです。辛いです。時には悔し涙を流すこともあります。ALSに罹患《りかん》する確率は10万人に1人か2人だと言われ、国内の患者数は9000人程度だそうです。

こともあろうに、何でこの自分がこんな目に遇わなければいけないのか。何度そう思ったかしれません。生まれてこの方自由奔放に生きてきましたが、天罰を受けるほどの悪さをしたとは思えません。それどころか、意識の上では「世のため人のため」に力を尽くしてきたつもりです。

客観的に見れば、ALSの罹患はとてつもない不幸と言わざるを得ません。しかし、これまで私はこの難病に負けることなく生き抜いてきました。私一人では何もできない身ですが、妻をはじめ家族、訪問医師、訪問看護師、それに十数人に及ぶヘルパー他多数の皆さんのサポートに支えられているお陰です。まず私の命をつないでいただいている皆さんに感謝しなければなりません。

これまで命をつないでこられたことの要因はいくつか挙げることができますが、最大の要因は、手足は動かず発声もできないにもかかわらず、本の執筆を続けることができたことです。ALSを宣告されてから上梓した本は、監修等を入れると本書が9冊目になります。

妻は「ミラクルだ」と言います。私もそう思います。このミラクルをもたらしてくれたのは、障害者の意思疎通のために開発された「伝《でん》の心《しん》」という特殊なパソコンです。通常のパソコンの数十倍の手間暇はかかるのですが、辛抱強く打ち続ければ原稿も書けるしメールの交信もできるのです。伝の心は私にとってはまさに命綱なのです。

もう一つの要因は、全国の支援者の皆さんとの交流を通じて有り余るほどの励ましをいただいたことです。本書はそれらの皆さんへの感謝・恩返しのつもりで書きました。皮肉な現象ですが、ALSに罹患してその苦しみを吐露《とろ》し発信することによって、新しい出会いが生まれ、旧来の交流も深まる結果となりました。人生の最終ステージでこのような命をいただいたことにむしろ感謝したいくらいです。

そんな思いがある限り、私は負けません！

（二）エンジン01 in 市原

2024年1月26日〜28日の3日間の日程で、エンジン01《ゼロワン》文化戦略会議のオープンカレッジが千葉県市原市で開催されました。エンジン01は2001年に結成された文化人によるボランティア団体で、文学・音楽・美術などの芸術分野から教育・スポーツ・芸

エンジン０１文化戦略会議「エンジン01in市原」メインポスター
Design:Katsumi ASABA / Photo: Ari HATSUZAWA / Hair: Yasuko INOMARU(kakimoto arms) / Copy: Maiko OTA & Toshiyuki KONISHI

能界まであらゆるジャンルで活躍する文化人二百数十人で構成されています。

初代幹事長は作曲家の三枝成彰さん、2代目は作家の林真理子さん、現在は精神科医の和田秀樹さんが幹事長を務めています。私も縁あって20年ほど前に入会させていただくことになり、今日に至っています。

エンジン01のメインの活動は全国各都市で年1回開催されるオープンカレッジです。今回は私の地元の千葉県で開催されることになったのですから、地元会員としてはイベントを成功裏《せいこうり》に導くために努めなければなりません。

オープンカレッジはシンポジウムやコンサートも行われますが、何と言っても目玉は2日目に一般市民を対象に公開される講座です。講座のトピックは会員からの申請に基づいて最終的には実行委員会が決めるシステムなのですが、私は毎回主宰している地名講座の他に、ALSなどの難病に負けず生きていく姿から学んでもらう講座を申請しました。テーマが深刻であることに加えて、これまで取り上げられたことがないマイナーなテーマだったこともあって、講座として成立するか危ぶむ意見が実行委員会では出されたそうです。しかし、事務局の配慮により「ALS　それでも人はなぜ生きる⁉」の講座が開設されることになりました。

2 「人間は人間を幸福にできる！きっと」

（一） 自分の全てを懸けて

しかし、しゃべることのできない私がどうやって講義するのか。当然の疑問です。私にできることはプレゼン用の原稿を準備することしかありません。この原稿に私の命の全てが詰まっています。

非常に長い原稿になってしまいましたが、要点は次の3点でした。

① ALS宣告後「生きる！」を選択し、執筆活動を続けてきたこと。

② 小中学生との命の交流を通じて、自分の生き方が周りの人々に生きる勇気と元気を与えているらしいことに気づいたこと。

③　これからはさまざまな人生苦と闘っている人々を支援できる生き方をしたいと思っていること。

まずは、私が用意した提案原稿「生きる！」宣言をお読みください。

人間は人間を幸福にできる！ きっと

(1)　恐怖と闘った日々

その日まで私は風邪一つ引くこともなく元気に仕事をしていました。ところが悪魔のような運命が突如襲いました。6年前の２０１８年2月19日の夕方のことでした。突然食事が喉を通らなくなり、1週間で体重が10キロも落ちてしまいました。当時はテレビ出演などもあってダイエットを試みていたのですが、1キロ2キロ落とすのも大変な思いをしていました。それなのに1週間で10キロ！　これは恐怖でした。自分の体の中で確実に異変が起きている！　最初は膵臓がんを疑ったのですが、簡単な検査でその疑いは晴れました。

体重を落とさないように毎日水をがぶ飲みしていたのですが、それが原因だったのでしょう。ある晩頻尿が止まらず、翌朝病院の泌尿器科に行って診てもらったら前立腺がんの疑いがあると言われ、県のがんセンターで検査を受けたところ、前立腺がんの宣告を受けました。この時期が今考えると最も苦しい日々でした。がんの強い薬を誤って飲んでしまい意識を失ってスーパーの駐車場で倒れ、救急車で病院に搬送されたこともあります。

(2) 歩けなくなる恐怖

あらゆる病院を回りましたが、どこも原因解明には至りませんでした。当時はまだ放送大学講師、読売教育賞審査委員会座長、中央教育研究所理事長、東京教育研究所所長の他に、つくば市にある筑波技術大学の経営協議会委員などの役職を務めていました。技術大の学長さんは神経内科の医師でもあったので、相談に乗ってもらったのですが、先ず言われたのは「老人で一番怖いのは、歩けなくなることとしゃべれなくなることです」ということでした。

症状はまさに学長先生の言われたように進行しました。500メートル歩けたものが200メートル、100メートルと縮まり、ついに50メートルも歩けなくなりました。一体なぜなんだ！　どういうことなんだ？――原因がわからないまま苦悶の日々が流れました。

(3) しゃべれなくなる恐怖

その間放送大学の授業の他、いくつかの大きな講演もこなしましたので、しゃべれなくなるという恐怖の進行は歩けなくなる症状の進行より遅かったことは事実です。現に同年11月に北海道釧路市で開催されたオープンカレッジでは講座のナビを務めたくらいですから。

ところが、翌19年1月の末、決定的な事態を招いてしまいました。埼玉県川口市に講演に行った時のことです。その日も川口駅のホームをまともに歩ける状態ではありませんでしたが、事態はその直後起こりました。

その日の講演は講演というよりも、川口市の生活科サークルを対象にした談話会のようなものですが、すでに30年も続けてきた会でした。会場まで車で運んでもらって、いざこれから講演となったその時のことでした。自分ではしゃべっているつもりでしたが、「声が出ていない、聞こえない」という声が会場から挙がったのです。自分では何が起こったのか皆目わかりませんでしたが、万事休す……。用意してくれたタクシーに乗り込むのが精一杯でした。

それ以降は外出を控えていたのですが、いくら寝ても寝ても寝足りず妙な夢を見るようになり、起きていても仮面ライダーの敵のショッカーが幻覚となって襲ってきました。でもその当時はそれが死の前兆だとは気づきませんでした。

(4) ALSの宣告

そしてついに運命の日を迎えました。19年3月22日の深夜のことでした。私が呼吸していないことに妻が気づき、救急車を呼び千葉大附属病院のICUに搬送されました。あと15分遅れたら助からなかっただろうと後で言われました。私はあの時確かに死んだのだと思います。少なくとも、死ぬとはこういうことなのだろうなと思ったことは事実です。

ALS(筋萎縮性側索硬化症)だと宣告されたのは5月30日のことでした。担当医師数名が病室に来られ、病名とこれは現代医学では治療不能と告げられた時は、妻も私も1年以上苦しんできた病名が判明したことでホッとし、むしろ笑顔で聴いていました。それほど、それまでの不安と恐怖が強かったということです。

しかし、悲しみと絶望感はすぐ襲ってきました。自分に残された命はあと半年？ 1年？ 当然のことですが、それまでの72年間の人生を振り返りました。力及ばないこともあったけれど、与えられた状況の中では精一杯生きてきた――そういう自負はありました。妻宛てに文字盤にこう書きました。（当時はまだペンを握れたのです）

「これまでずいぶんケンカもしてきたけれど、ここまでやってこられたのはお前の協力があったからだ。ありがとう。我が人生に悔いなし！」

妻の手を握ったその上に涙がこぼれました。悔しさと絶望と感謝の気持ちが入り混じった涙でした。それをドアの陰で見ていた次男の嫁が、「お母さん、悲しい時は泣きましょう」という名言をその夜ＬＩＮＥで送ってくれました。これ以上の慰みの言葉はありません。

(5)「生きる！」の選択

ＡＬＳ宣告後、私はしばらく生死の間をさまよっていました。例えて言えば、北アルプスの急峻な尾根に立たされ一歩足を踏み外せば死の奈落に転落する――そんな思いでした。

生きるということはどう死ぬかということ、死ぬということはどう生きるかということ。私たちの年齢になると両者は表裏一体ですね。生きるか死ぬかの選択を迫られましたが、私は「生きる！」を選択しました。理由は単純です。死ねなかったからです。

死ぬにはどんな方途があるか考えました。まず考えられるのは自殺・自死ですが、これは無理だとすぐ判断しました。家族に迷惑がかかるからとも考えましたが、それ以前に手足が動かない状態では物理的に不可能でした。次に考えたのは誰かに頼んで命を絶つ方法です。その年の暮れ近く、京都でALS患者の女性がSNSで知り合った医師に命を絶ってくれと頼み、実行するという事件が起こりました。「嘱《しょく》託《たく》殺人」という言葉がこの世に存在することを初めて知りました。しかし、法を犯してまでして命を絶つというのは到底受け入れられるものではありませんでした。残されたのは事故死ですが、これは運を天に任せるしかありません。

死ぬことができないと悟った私は「生きるしかない」と腹を括りました。まず考えたのは、前に向かって歩くこと、そして、何かをし続けることでした。では今の自分にできることは何か？　そう考えてすぐ浮かんだのは本を書くことでした。「そうだ！　本を書くことならできる」との思いで入院中から書いたのが、『ALSを生きる いつでも夢を追いかけていた』（東京書籍、2020年）でした。当初はあと2冊は本を出したいと言っていたのですが、いつの間にか冊数が増え、今年1月に出した『東京「地理・地名・地図」の謎』(じっぴコンパクト新書)が6冊目、さらに3月には続編として7冊目に当たる『大阪「地理・地名・地図」の謎』(じっぴコンパクト新書)を出す予定です。

ALSの難病と闘いながらこれだけの本を出すことは並みのことではないかもしれません。時には驚異の目で見られることもあります。でも私に言わせれば「他にやること・できることがなかった」からに他なりません。これまで数年間1日も欠かさず、原稿のことだけを考えて生きてきました。今日は何を書こう、どう書こうと思いを巡らしている時間は私にとっては至福の時でした。

確かに難病と闘う日々は苦しく辛い。でも、手足は動かすこともできず発声もできなくとも、心・精神は自由でした。

(6) 広がった交流

ALSを宣告されて一番恐怖だったのは、社会的に孤立することでした。これまで交流のあった知人・友人・教え子たちとの交信も途絶え、一人寂しく死を迎えるのかと思うと涙がこぼれました。

しかし、それが全くの杞憂に過ぎなかったことに気づくのに、それほど時間はかかりませんでした。これは大きな嬉しい誤算でした。発信する度にリアクションが拡大していきました。その大半が私の生き方に感銘した、勇気をもらったという類いのものでした。正直戸惑いました。ＡＬＳを発症するまでの72年間一生懸命生きてきた自負はありましたが、自分の生き方が人様に影響を与えるなどとは夢にも考えたことがなかったからです。

確かにこれまで、世のため人のためにたくさんの著作を世に問うてきましたが、直接的には学者として作家として少しでも大きな成果を残したいという思いでやってきたものです。

しかし、ＡＬＳ宣告以降の著作は明らかに違う意図で書くようになりました。ＡＬＳという難病にめげず執筆を続けることが、周りの人々に生きる勇気と元気を与えているかもしれないと考えるようになったからです。そのことに気づかせてくれたのは、何と見ず知らずの小中学生たちでした。

(7)「絶望さえしなければ 夢はつながる!」

『日本列島 地名の謎を解く』（東京書籍、２０２１年）に大分県にある「姫島《ひめしま》」の由来について書いたことがきっかけで、大分市立判田小学校の６年生との命の交流が生まれました。この交流を生んでくれた石井真澄先生は学年集会を開いて、ALSに負けずに本を執筆している私のことを紹介したそうです。そしてその感想文が届きました。これが判田小学校の6年生たちとの命の交流の始まりでした。

学年集会の後、石井学級では道徳の授業で中国から日本に渡って唐招提寺を開基した鑑真和上《がんじんわじょう》について学んだそうです。鑑真は日本からの依頼で幾度も渡日を試みるも嵐に遭って果たせなかったのですが、諦めずついに6度目の挑戦で無事に日本にたどり着いたという偉人です。すると子どもたちの中から「谷川先生と同じだ」という声が次々に挙がったとのことです。まさかまさか、あの鑑真と重ねて見られるとは夢にも思いませんでした。

私が判田小の6年生に送ったメッセージは、「絶望さえしなければ　夢はつながる！」でした。このメッセージはその直後に出した『夢はつながる　できることは必ずある‼——ALSに勝つ！』（東京書籍、2022年）にそのままつながっていきました。同書には交流の一部始終を書きましたが、子どもたちの率直な優しい心に感動して、パソコンを打ちながら涙を抑えることができませんでした。

次に紹介する文章は吉田苺花《まいか》さんの「卒業論文」の一部です。吉田さんは卒論で地元の熊野神社のポスター作りに取り組んだのですが、うまくいかずくじけそうになったそうです。でもその時私のメッセージを思い起こして奮起しポスターを完成させたそうです。そして次のように書いています。

私はこの経験の中で、楽しさや苦しさがあった。だけどこの「苦しさ」は、きっと試練な気がした。私の所へ来た試練は、私を変えてくれる。私を試してくれている。そう思った。だからこそ、どんなに苦しいときでもがんばれたと思ったし、もちろん谷川先生の、「絶望さえしなければ夢はかなう！」という言葉のおかげでもあると思う。次は、谷川先生や、いろんな人に助けてもらうのでなく私が助ける側になって「試練はいいこと、その試練をチャンスに変えていこう」と言いたい。そうしたら世界中のみんなが、なんでもピンチをチャンスに変えて光の心を手に入れられると思う。私にまた試練が来たら、さらなる成長をとげると、ピンチをチャンスに変えのりこえていけると私は私を信じている。そう、いつまでもいつまでも思っていたい。

この卒論を読んで私の心は感動で打ち震えました。6年生ともなるとここまで深く考え書けるものなのか、と。この卒論を世界中の人々に読んでほしいと思いました。特に「そうしたら世界中のみんなが、なんでもピンチをチャンスに変えて光の心を手に入れられると思う」というくだりには涙が止まりませんでした。「光の心」という言葉も素晴らしい！　言われなきウクライナ侵攻を続けるプーチン大統領に突きつけたいと思いました。

(8)「とにかく生きろ！　死んではダメだ！」

縁あって甲府市にある山梨英和中学校の2年生たちから『夢はつながる　できることは必ずある！――ALSに勝つ！』（東京書籍、2022年）についての読後感想が届きました（本書第2章参照）。その大半が同書のある箇所に関連したものでした。私は同書で「悩むということ」という拙い詩を載せたのですが、その詩に感想は集中しました。

詩の中で私は母が口癖のように言っていた「時期が来てなるものは時期が来たら治る」という言葉を引きながら、大半の悩みは「通り過ぎていく」こと、だから堪えることが必要で、堪えることによって強い人間になれると訴えたのでした。ここに関心が集中したということは彼女たち（女子の中高一貫校です）がそれぞれ悩みを抱えながら、思春期を送っていることを意味しています。とりあえず、そのいくつかを紹介しましょう。

○谷川先生の本にある「『なぜ自分だけが……』と考えてしまうこともあるでしょう」というところが、私にも沢山ありました。しかし、「時期が来てなるものは時期が来たら治る」というのを聞いて、すぐに悩みがなくなるわけではないけど、堪えていれば通り過ぎて行って、強い人間になれることが分かったので、強い人間になるために、堪え続けます。

○思春期の私にとって「とにかく生きろ‼　死んではだめだ！」という言葉がすごく印象的で、死んだらすべてが終わってしまうから今を一生けんめい生きようと思います。どんなにつらいことがあっても「死ぬ」という選択をなくして「生きる」を頭に入れながら生活したいです。

○頑張って下さい。私も頑張ります。辛くてもいつか「こんなこともあったな」って思える日、明るく笑って話せるときが来ると信じて耐えます。先の見えない暗闇の中に置かれてもかすかな希望を自ら探し出せる人になりたいと、『夢はつながる』を読んで感じました。この本に出会えて本当に良かったです。

○谷川先生は死の恐怖といつも隣り合わせにいて私以上につらい経験をしていると

思います。ですが、お互い頑張って生きていきましょう!!

(9) 人間は人間を幸福にできる!きっと

小中学生との交流によって、ようやく今の自分の生き方が周りの人々に生きる勇気と元気を届けることになっているかなと思えるようになりました。私はもともと教育学者ですので若い世代の人たちが健康で明るくそれぞれの人生を切り開いていってくれることを何よりも願っています。ことに若くして難病や障害と向き合って苦戦している皆さんには頑張ってほしい。難病と闘い重度障害を抱えながらも本を執筆してきた私の生き方から生きる勇気と元気をもらったという人がこの世に一人でも二人でも存在しているとしたら、喜んで残された命をその方々のために捧げましょう。

難病や障害だけではありません。2024年の1月1日に合わせたかのように能登半島地震が発生しました。千葉市に住んでいる私のベッドの前にセットしてあるパソコンも小刻みに震えました。極寒《ごっかん》の中瓦礫《がれき》の下で命を落とした方々の胸中をおもんぱかると、いたたまれなくなり言葉を失います。昨年出した『全国水害地名をゆく』(インターナショナル新書)は繰り返し襲う水害・津波に負けず生きてほしいというメッセージを込めた書でした。

海外に目を向ければ、ロシアによるウクライナ侵攻、イスラエルとハマスの戦争などによって多くの人々の命が奪われ、罪のない市民が苦境に追い込まれています。

これらのさまざまな人生苦と闘いながら生きようとしている人々と同じ地平に立って「光の心」を求めたい。今はそれが自分のミッションだと考えています。

自然災害は被害を最小限に抑えるしかありませんが、病気は医学の進歩によって治すことが可能です。障害は世の人々の意識を高めれば乗り越えられます。そして戦争こそ人の力で食い止めることができます。

「人間は人間を幸福にできる！きっと」

そう信じたいと思います。東日本大震災の時「がんばろう！東北」と言われました。それになぞらえて私は心から叫びたい。

「がんばろう！人類」

こんな境地にまで導いてくれたのはＡＬＳなので、感謝すべきはＡＬＳかな？

――人間万事塞翁が馬。

２０２４年１月27日

谷川彰英

（二）　ヒューマンドラマの始まり

この提案原稿は２０２４年1月27日時点におけるＡＬＳ患者としての私の思い・意識の全てを吐露《とろ》したものですが、そこに至るまでにはさまざまな人との出会いがあり、ドラマがありました。それを通じて私の生きることへの意識は変わっていきました。自分として自分のためでなく、人のために生きることの大切さの覚醒《かくせい》でした。

次章以降に述べるのは、生死を分ける状況の中で実際に起きたヒューマンドラマです。どのような出来事や人との出会いが、私を形づくり、提案原稿につながったのか、時系列で振り返ります。

エンジン01in市原での講座がどのように展開され、どのような教訓を残したかについては第7章で語ることにします。しばし講座の教室からご機嫌よう！

第2章
思春期の悩みは通り過ぎていく

1 「悩むということ」

(一) 中学生との出会い

第1章で述べた私の「生きる！」宣言の中で、私の生き方が他の人々に勇気と元気を与えていることに気づかせてくれたのは見ず知らずの小中学生だったと書きました。この展開は全く予期せぬものでした。

小学生との交流のきっかけを作ってくれたのは当時大分市立判田小学校に勤められていた石井真澄先生でした（その命の交流については『夢はつながる できることは必ずある！――ALSに勝つ！』（東京書籍、2022年）で詳しく書きましたので、ご覧ください）。

その後、中学2年生との交流が始まりました。これは明治学院学院長（当時）の小暮修也先生が山梨英和中学校・高等学校校長の三井貴子先生に『夢はつながる できることは必ずある！―ＡＬＳに勝つ！』（東京書籍、２０２２年）を送ってくださり、三井先生が本の内容にいたく感激され生徒たちに紹介されたのがきっかけでした。

（二）「悩むということ」

三井先生の紹介で本を読んだ中学生から感想文が届いたのですが、その大半が本のある一点に集中していました。それは同書の160～163ページに載せた拙い詩でした。その前半の部分を紹介します。

悩むということ
君は今悩んでいることがありますか。
それは自分の身体《からだ》や健康に関することですか。
それは家族に関することですか。
それは学校や友人に関することですか。
それとも将来の進路に関することですか。

悩むことは苦しい辛いことです。
時には悩みに負けそうになってしまうことがありませんか。
「なぜ自分だけが……」と考えてしまうこともあるでしょう。
思春期の悩みはそれだけでもうだめだと絶望に追い込んでしまいがちです。

でも、ちょっと待ってください。
私の母は生前よくこう言っていました。
「時期が来てなるものは時期が来たら治る」
思春期に生じる悩みは、その大半は思春期が終われば消えていきます。
つまり大半の悩みは「通り過ぎていく」ということです。
だから、堪えてください。
堪えることによって強い人間になれるのです。

この詩を書いた時点では、これがその後大きな反響を呼ぶことになるとは夢にも思いませんでした。

2　思春期の悩みは通り過ぎていく

山梨英和中学校から感想文が届いたのは2022年9月のことでした。一読して彼女らの率直で真摯《しんし》な思いに触れ感動の涙が流れました。

以下私からの返信です。

山梨英和中学校2年生の皆さんへ

皆さんお元気ですか。先日は私の『夢はつながる　できることは必ずある！――ALSに勝つ』（東京書籍）についての感想文を送っていただきありがとうございました。

皆さんからのメッセージ熱く感動的に読ませていただきました。何より皆さんの思いがストレートに伝わってきたのが良かったです。「そうか、そう思っているのか」「そこまで考えているのか」と納得して読むと同時に、「そうだ、その通りだ!」「負けるな!そこを乗り切れば必ず希望の光が見えてくる」と心の声を振り絞るような気持ちで読みました。

全体として受けた印象は皆それぞれ自分のことをしっかり見つめ考えているな、ということでした。真摯に生きようとするから悩みが生まれる。その悩みは必ずあなたを強く豊かに成長させてくれる。肝心なのは悩みから逃げず堪えてまっすぐ前を向いて歩くことです。生きるとは前を見て歩を進めることです。時間がかかってもいい。しっかり前を向いて歩いていれば必ず道は開けます。

以下皆さんからいただいたメッセージをもとに、

山梨英和中学校・高等学校

皆さんに送る返信メッセージを書いてみました。「生きる」ということについて考えてみましょう。○印は皆さんからのメッセージからの抜粋です。

(一) 思春期の悩みは通り過ぎていく

皆さんからのメッセージを一読してまず思ったのは、私の母がよく言っていたという「時期が来てなるものは時期が来たら治る」という言葉に反応した人が多かったことです。これは良い意味で意外でした。

○今回谷川先生の「悩み」という名のメッセージを読み悩んでいるのは私だけではないということや、「時期が来てなるものは時期が来たら治る」という言葉にとても感動し、堪えられるような強い人間になりたいと思います。

○谷川先生の本にある「『なぜ自分だけが……』と考えてしまうこともあるでしょう」というところが、私にも沢山ありました。しかし、「時期が来てなるものは時期が来たら治る」というのを聞いて、すぐに悩みがなくなるわけではないけど、堪えていれば通り過ぎて行って、強い人間になれることが分かったので、強い人間になるために、堪え続けます。

○思春期の小さな悩みは時がたてば通り過ぎていくというのは、大人になった自分から見たらとても小さな思い出なのかと思い、思春期の私はもっと気楽に生きてやさしいおばあちゃんになりたいなと思いました。

母の言葉は幼児からせいぜい小学生くらいに当てはまるものと思っていましたが、思春期に当たる中学生や高校生にこそ当てはまるんですね。勉強になりました。思春期の悩みは間違いなく時期が来れば消えていきます。「思春期の小さな悩みは時がたてば通り過ぎていく」——素晴らしい表現です。人間は時と共に成長し成長することによってその大方の悩みは消えていきます。

皆さんに知ってほしいのは悩んでいるのはあなただけではないということ。誰だって人に言えぬ悩みを持っているし、悩むことによって大人になっていくのです。悩みもせず大人になったという人がいたら顔を見てみたい——そう思います。

思春期の悩みの特徴は、他人から見れば些細なことに見えるようなことにこだわり、悪い方へ悪い方へと考えてしまうところにあります。良い方へ良い方へと考えられればいいのですが、そうはいかないのが思春期の悩みの厄介なところです。無邪気に遊んだり勉強したりしていた子どもの「時期」を過ぎて思春期に入ると自分自身のことを見つめるようになり、周りの友達などと比べて「なぜ自分だけが……」と考えてしまいがちです。

でも心配ありません。そんな悩みの大半は思い過ごしによるもので、じっと耐えていれば自然に通り過ぎていきます。これは信じてください。通り過ぎない台風はないと一緒です。思春期の悩みなんてそんなものです。

私が皆さんの頃悩んでいたことをお話ししましょう。悩みの種は人によって身体のこと、家族や友達のこと、学校のことなど多様でしょうが、私の場合は身体に関するものでした。記憶は曖昧ですがことの発端は確か皆さんと同じ中2の頃だったと思います。学年でどこかにバスで出かける日のことでした。

バスの最後部のシートに何気に仰向けに寝そべっていたら、同級の女の子がまじまじと私の顔を覗き込むようにして「大きな顔だねえ」とつぶやいたのです。これが自分の容姿に関心を持つようになったきっかけでした。

私は小学校6年時には健康優良児に選ばれるなど何一つ不自由なく過ごしていたのですが、それ以降自分の容姿を気に掛けるようになったことは事実です。もっとかっこよいイケメン（当時はそんな言葉はありませんでしたが）に産んでくれたらなと両親を恨めしく思ったこともあります。でもこの段階では悩みというレベルのものではありませんでした。ネット上には私の画像がたくさん載っていますが、取り立ててひどい顔だとは思っていません（笑）。

しかしそれから迷走が始まりました。少しはかっこよく見せようと運動などして減量したら痩せたのはいいけれど、今度は筋肉が落ちてこのまま筋肉が落ち続けたらどうしようという恐怖に襲われました。それから悩みが始まりました。無知というものは恐ろしいものです。筋肉をつけようとジョギングを始めたら逆に筋肉は締まって余計スリムになってしまいました。

今考えるとなぜあんなに悩んだか不思議です。当時は年を重ねるにつれて痩せていくものだと思い込んでしまったんですね。思春期の悩みなんて所詮こんなものだと思います。中年になってからは痩せるどころか贅肉がついて逆の悩みを抱えるようになりました。

「大きい顔だねえ」の一言に始まった悲喜劇はこのように通り過ぎっていったのでありました……。

（二）「とにかく生きろ！」

私のメッセージは「とにかく生きろ！　死んではダメだ！」ということに尽きる

のですが、それに率直に応えてくれた人も何人かいます。

○でも谷川先生が感じる恐怖はまだ私が分からないくらい大きいと思います。だからこそ「とにかく生きろ」という言葉がとても大きく私の心に残りました。

誰でも長い一生の間には一度や二度は死にたいという思いに襲われることはあります。私も将来ガリガリに痩せていく姿を想像した時、死んだ方が楽じゃないかと思ったこともあります。ALSを宣告された時も死を意識しました。私の本を読んだある小学校の先生からは、隕石《いんせき》（空から落ちてくる石）が自分にだけ落ちてくればいいと考えたことがあるとの感想を送っていただきました。そこには海に足を運んで沈もうと思ったこともあるとも書かれていました。

死にたいと思ってしまうことは仕方ありません。しかし死んではダメです！　絶対に、絶対に、絶対に、絶対にダメです。それは、あなたがたはそれぞれ両親をはじめ多くの人たちから望まれて生まれてきた存在だからです。皆さんにはその期待に応える義務があります。

今年の夏、衝撃的な忘れられない事件が起きました。埼玉県の中3の女子生徒が渋谷で行きずりの親子（お母さんと娘さん）を刺したという事件でした。この事件は私にとってはロシアによるウクライナ侵攻に勝るとも劣らないショッキングな出来事でした。

それは警察の聴取で彼女が「死刑になりたかったから刺した」と話したとニュースで知ったからです。その言葉を聞いた時一瞬耳を疑いましたが、それが真実であることを知り言葉を失いました。罪を責めるのは簡単です。しかし一番重要なのは、何が彼女をそこまで追い詰めたかです。詳しい事情はわかりませんが余りにも残酷です。

何かに悩み苦しみながら自ら命を絶とうとしたけどできなかったので「死刑になりたい」と考えたとしたら、彼女を責める前に彼女を取り巻く環境を責めるべきです。このような悲劇が起こるのは私たちの社会に何らかのひずみ・問題があるからです。

（三）　夢に向かって生きる

夢に向かって生きようとするこんなメッセージもありました。

○中学生になって抱えることも沢山ありましたが「絶望さえしなければ夢はつながる！」という言葉が私の心に刺さりました。私は小学校の頃から変わらない看護師になるという夢があります。その夢に向かってあきらめず、努力しようと思いました。そしてＡＬＳの病気にかかってしまった人はやりたいことができなかったり、毎日苦しかったり寂しい思いをしていると思います。なので私が看護師になったらその方々を支えていき、少しでも「生きたい」と思える人が増えればよいと思います。

嬉しいです。しっかり目標を持って努力することは素晴らしいことです。看護師になったらＡＬＳ患者に限らず病と闘い苦しんでいる人々を支えてください。私たちは待っています。どんな看護師になってほしいか？　当事者から言わせてもらうならば「患者さんの心に寄り添える看護師」ですね。

まだ将来の夢（職業）が決まっていない人（大部分だと思いますが）へ、職業選択のポイントを教えます。それぞれの仕事をやっていてどんな時が「嬉しいか」聞いてみるか考えてみてください。料理人だったらお客さんに「美味しい」と言われた時、農家だったら農作物が実った時、学校の先生だったら教え子の成長を見届けた時、「嬉しい」と感じるはずです。職業選択とはこの「嬉しい」探しのことです。

「嬉しい」は「働く喜び」につながり、さらに「働きがい」に広がっていきます。

(四) 共に生きる!

皆さんとの連帯を促すメッセージもありました。

○私も、もちろん悩みを抱えていて押し潰されそうになったことも何度かあります。谷川先生が抱えている悩み、苦しみは私の何十倍、何百倍であることはどう考えたって分かることです。

そんな私以上の苦しみを体験している先生が私たち、少しの悩みと闘っている人のことを「戦友」と言ってくださることが本当に嬉しかったですし、私にとって生きる力になりました。

戦時体制でもないのだから「戦友」でもなかろうという意見もあるかもしれませんが、人生の苦悩と闘っている者同士の連帯感はやはり「戦友」というのがピッタリなんですね。苦しみを分かち合い共に頑張って生きていこうという意味です。

○頑張って下さい。私も頑張ります。辛くてもいつか「こんなこともあったな」って思える日、明るく笑って話せるときが来ると信じて耐えます。先の見えない暗闇の中に置かれてもかすかな希望を自ら探し出せる人になりたいと、『夢はつながる』を読んで感じました。この本に出会えて本当に良かったです。

○谷川先生は死の恐怖といつも隣り合わせにいて私以上につらい経験をしていると思います。ですが、お互い頑張って生きていきましょう!!

○谷川さんもどうかあきらめず、共に頑張りましょう!

まさか皆さんから「お互い頑張って生きていきましょう!」「共に頑張りましょう!」という言葉が返ってくるとは、夢にも思いませんでした。今この手紙を書きながら溢れる涙を抑えることができません。

私は4年前「死」を宣告された身です。死の淵をさまよいながらも「生きる!」を選んで本当に良かった! 生きていなければ皆さんとのこんな素敵な出会いはなかったからです。

そうですね——。

〝お互い頑張って生きていきましょう! & 共に頑張りましょう! 人間とし

て……命ある限り。〃

（五）　涙から明るい希望へ

こんな感想もありました。

○私は今、とても「幸せ」な生活を送っていると思います。身体は健康だし、家族や友人に恵まれているし楽しいと思える毎日です。

ですが、その中で、とてもくるしいものがあります。健康だけど、とても重い病気にかかってるかもしれない。かかるかもしれない。家族や友人に恵まれているけど、裏切られるかもしれない。見捨てられるかもしれない。どれだけ悩んでも答えが見つからず、闇の底へおちていく日々です。将来の夢もない、やりたいこともない。「あの子はこうなのに、なぜ自分は……」。

ですが、『夢はつながる』という本を読んでとても心が明るくなりました。今、悩んでいるのも、将来、強い人間になるためです。これは試練だから、堪えていきます。

ちょっと深く考えさせられる一言もありました。

○特に心に残ったのは、絶望しかなかったからこそ見えてきた希望というところです。

最後にこのメッセージを紹介します。

○先生の力強い言葉に涙が出ました。いつか私が〝こんなことで悩んでいたのか〟〝今の方が大変だよ〟と冗談で言える日が来るといいなと思います。

私は本の中でこう書きました。

辛い時には泣いてください。
涙を流せば少しは楽になります。
でも、忘れないでください。
流した一粒一粒の涙は小さいけれど、
その中に「希望」の道筋が見えてくる、きっと。

辛く苦しくなったらこの言葉を思い出してください。悩みを経験することによって間違いなくあなたは強く成長していきます。思春期の悩みは台風みたいなものだと言いました。必ず通り過ぎて消えていきます。台風が過ぎれば台風一過！　青空のもとあなたの表情はさらにキラキラと輝きを増しているはずです。

長い手紙を読んでくれてありがとう。来年はいよいよ中3ですね。

さあ、勇気を出して一歩前へ!!

谷川彰英

2022年11月15日

3　京都修学旅行——4月17日の奇跡

（一）『重ね地図でたどる京都1000年の歴史散歩』

山梨英和中学校との交流は翌2023年に思いがけない展開を見せることになりました。

この年の5月『重ね地図でたどる京都1000年の歴史散歩』（宝島社）という本を出しました。私は「まえがき」に「京都の歴史を追体験する大人の修学旅行に出かけよう」という一文を書きました。まずは文章の一部を抜粋しておきましょう。

「京都は日本の歴史をひもとく索引の街だと書いたことがある。一つ一つの神社仏閣地名などからあらゆる日本史上の情報を得ることができる。これができるのが京都の魅力であり、特色である」
「一方では仏教など文化面でも大きな発展を遂げてきた。京都にはその痕跡がまるで狭い街のあちこちにダイヤのようにちりばめられている。現代に生きる私たちはそれらのダイヤから様々な情報を自由に引き出すことができる」

思わぬ反響があった京都本

「本書の企画の出発点は、『重ね地図で読み解く』という手法を取り入れようとしたことである。古地図の上に現代の地図を重ね合わせることによって、『過去』と『現代』の地点（ポイント）を一致させ、そこから時代の変遷を捉えることができるという趣向である。この二枚の地図の間にどのようなドラマがあったのかを推測するのが楽しい」

そして最後にこう書きました。

「つい最近のことだが、高校の同級会の一環として『大人の修学旅行』と称して京都を歩く試みをした。中学生や高校生レベルでは京都の魅力、とりわけ仏教思想の理解は難しい。やはりある程度年をとってから歩いて初めて京都の魅力に触れることができるというもの。
そんな読者のあなたに本書を片手に京都の街を散歩いただけたら、この上の喜びはない」

要するに、この本は大人向けに書いたものであって、中学校の修学旅行に役立ててもらえるとは全く予期していませんでした。

（二）奇跡を呼んだメール

ドラマの発端は4月17日に届いた同校校長三井貴子先生からの一通のメールでした。以下に紹介するのは4月17日から18日にかけて三井先生と私との間で交信されたメールの全てです。読んでいただければ「奇跡」の意味はわかると思います。

【三井先生→谷川（4／17　9：35）】

谷川彰英先生

新年度を迎え、新しい生徒たちと歩み始めています。昨年交流させていただいた生徒たちも中学3年生になりました。学年主任であった国語科の長田晶子先生は、この3月で退職されました。

今後のご連絡は私にいただければ必ず繋ぎますので、宜しくお願いいたします。

実は、この4月から山梨英和高等学校全日制に加え、通信制グレイスコースを立ち上げました。「グレイス」というのは「神の恵み」という意味です。昨今、学びの多様化が求められ、本校の生徒たちの中にも通信制を選ぶ生徒もいることから決断をいたしました。先週の土曜日15日に入学式を行いましたが6名でのスタートです。生徒一人ひとりが自身の尊い存在に気づき、高い自己肯定感を持って自分らしく学べる空間を創出したいと思います。

近況報告となりましたが、谷川先生から多くを学ばせていただき、微力ながら今日も教育に携わりたいと思います。谷川先生のご健康をいつも陰ながら祈らせていただいています。

山梨英和中学校・高等学校　三井貴子

【谷川→三井先生（4／17　15：07）】

三井貴子先生

久しぶりのメールありがとうございます。いよいよ3年生ですか。健やかに成長することを祈っています。グレイスコースの発展も祈っております。

このたび京都の歴史散策の決定版ともいうべき本を出しましたのでお送りします。貴校で京都への修学旅行を実施しているかは存じませんが、中高生でも楽しく読めますので図書室にでも入れてください。まだできたばかりで私のもとにも届いていません。1冊は長田先生にお送りください。

谷川彰英

【三井先生→谷川（4／17　16：55）】

谷川彰英先生

返信が早すぎます。嬉しいです。先生のご著書のご出版おめでとうございます。

実は、これも奇跡としか言いようがありませんが、今年の中学3年生から中学での修学旅行が始まりまして、その行き先が何と「京都・広島」なのです。本校は中高一貫であるために、6年間で一度の修学旅行を高校1年生で実施しておりましたが、中高それぞれでの実施が決定し、3年前から準備を始め、今年の中学3年生が第一期生なのです。9月実施です。京都に行くのは初めてです。

先生の本は生徒たちにとって大きな驚きでしょうし、喜ぶと思います。このタイミングでやはり奇跡です。信じられません。本当にありがとうございます。もちろん長田先生にも伝えさせていただきます。

今日は素晴らしい日となりました。

三井貴子

【谷川→三井先生（4/17　20：14）】

三井貴子先生

何と、何と。何と、これこそ奇跡ですね！　こうなったら全面的に応援しちゃいます。書名は『重ね地図でたどる京都1000年の歴史散歩』で、文章は大人向けで少し難しいですが、写真や地図などの図版は抜群に素晴らしいのでお役に立てると思います。

校長先生、学年主任の先生、各クラス、図書室、長田先生に寄贈させていただきますので、クラス数を教えてください。よろしくお願いします。

谷川彰英

【三井先生→谷川（4／17　20：37）】

谷川彰英先生

先生、返信本当に早すぎます。全てに感激しています。

先生の全面的な応援に涙が出そうなほど嬉しい気持ちでいっぱいです。2クラスですので、生徒たちの本は2冊先生からのプレゼントとして有り難く頂戴いたします。その他は感謝と喜びを持って購入させていただきます。とにかく、とにかく楽しみにお待ちしています。

三井貴子

【谷川→三井先生（4／17　20：48）】

三井貴子先生

応援の気持ちですからそのまま受け取ってください。京都の修学旅行ではグループ別の行動をすることが多いようですが、コースごとに記述されていますので参考にしてください。

ＡＬＳの身で現役の中学生の学びの支援ができるとしたらこの上の喜びはありません。その代わりこの奇跡を来年出す本に書かせてください。京都での新たな奇跡を楽しみにしています。

谷川彰英

【三井先生→谷川（4／18　7：15）】

谷川彰英先生

おはようございます。

先生のお気持ちをそのまま受け取らせていただき、先生のご著書を教育の現場で活用させていただきます。

生徒たちには、まだ内緒にしておきたいと思いますが、いつ頃の完成となりますでしょうか？

私自身が、ドキドキワクワクしています。感謝してお待ちしています。

三井貴子

【谷川→三井先生（4／18　9：18）】

三井貴子先生

生徒には内緒がいいですね。来週中には送れると思います。楽しみにお待ちください。あまり期待されると困るので申し上げておきますが、この本は私の監修によるものです。監修だからできた優れ本です。

谷川彰英

三井先生は、『夢はつながる　できることは必ずある！―ALSに勝つ！』（東京書籍、2022年）の中の〈辛い時には泣いてください。涙を流せば少しは楽になります。でも忘れないでください。流した一粒一粒の涙は小さいけれど、その中に「希望」の道筋が見えてくる、きっと。〉のくだりを読んで涙を流したというメールをくださった先生です。何と優しく豊かな感性をお持ちなのかと心を打たれました。

もちろんお会いしたことも電話でお話ししたこともありませんが、長く教育界で仕事をしてきた私にはわかります。子どもの心に寄り添える教師・子どものために涙を流せる教師――私のイメージする理想の教師像ですが、その姿に近いものを三井先生には感じます。

連休で本を届けるのが遅れましたが、連休明けの5月8日、無事届いたとのメールをいただきました。

【三井先生→谷川（5／8　20：58）】

谷川彰英先生

本日、感動の本が届きました。先生が仰ったように、これは素晴らしい本ですね。私は家に帰ってじっくり読みたい気持ちを抑えるのが大変なほどです。早速、中学3年の学年の先生方にお渡ししたところ「わ〜凄い‼　どんピシャリですね」と驚いていました。修学旅行は9月実施ですが、自主見学が一日あるそうです。その時に大いに役立ちそうです。今後の準備が楽しみです。

先程、奥様とお電話でお話させていただきました。この荷造りもしてくださったのだと想像して感謝の気持ちでいっぱいです。

今日は連休明けで、生徒たちの元気な声が響き渡っていました。本日よりコロナも5類に分類され、従来のインフルエンザ扱いとなり、学校生活での制約もかなり緩和されました。マスクの着用も昼食時の黙食も不必要となりました。生徒たちはなかなかマスクを取れないようですが、どうなっていくでしょうか?

谷川先生のお身体のこと、いつもお祈りさせていただいております。

本日は、先生が誇る傑作本を頂戴し心から感謝申し上げます。

三井貴子

先生方の「わ〜凄い‼　どんピシャリですね」という言葉が全てを物語っています。

京都でのドラマはこれからがクライマックスです。

4 「その一人に谷川先生がいます」

（一）京都修学旅行

三井先生から学園祭の報告のメールが入ったのは7月25日のことでした。生徒たちは秋の京都修学旅行に向けて企画を立てて展示したそうで、写真も添付されていました。

谷川先生

猛暑が続きますが、先生体調はいかがでいらっしゃいますか？　遅くなりましたが、学園祭の報告をさせていただきます。

４年ぶりの一般公開となり、生徒たちも限られた時間を活用して熱心に準備に取り組み、中学3年生が修学旅行の事前学習を兼ねて「京都」を作り上げました。

　写真を何枚か添付いたしましたが、先生のご本を参考に床一面の地図を作成しました。地図を辿りながらゲームを楽しめる構成になっています。当日は小学生から大人まで大盛況でした。

　人力車まで作成し、実際に廊下を一周することもできるようになっていましたが、あまりの人気に長蛇の列となりました。私は内緒で前日準備の段階で乗せてもらったのですが、とても心地よく生徒たちの愛情を感じました。何より、生徒たち自身が工夫を凝らして楽しんで準備していた事を微笑ましく思いました。

　谷川先生の御本に大変助けられまして、心から感謝いたします。

三井貴子

京都の床地図を作る

生徒たちが作った人力車

（二）中学生からのメッセージ

修学旅行は無事9月に終わり、12月にお礼の手紙が届きました。まずは学園祭について書かれたメッセージを紹介します。

○谷川先生

私は今年の学園祭で学年企画の係になり、今年は京都を題材に企画を作ろうということで先生からいただいた本を参考に進めることができました。

何を作ればいいのか、どんな企画にしようか、企画係になったはいいものの、何もアイデアがうかばず、学校の先生方ともたくさん悩んでいたので、この本のおかげで大きな地図を作製したり、建物をつくったりして、学園祭に来て下さったお客様の方々にもよろこんでもらうことができました。個人的にも歴史は大好きな教科なので、この本が大好きになりました。

素敵な本をありがとうございました。

監修者の私が言うのは僭越ですが、確かにこの本は素敵に仕上がっています。偏《ひとえ》に宝島社の編集部の力量によるものですが、さらに嬉しかったのは京都の修学旅行に向けて中学生の学びに役立ててもらえたことです。

次のメッセージは最後の言葉に心を打たれました。

○こんにちは。最近は寒い日々が続きますがお元気ですか。この前は『重ね地図でたどる京都1000年歴史散歩』という本をおくってくださり、ありがとうございました。

学園祭で京都の地図を書くときに使ったり、修学旅行で京都巡りをするときにこの本を見たりしました。とても分かりやすく色々歴史も交えて書いてあったので、とても読みやすかったです。実際に修学旅行に行って色々な観光地に行ったり、歴史にふれることができて楽しかったです。

谷川先生もこれからもお元気で頑張ってください。

私たちは遠くからずっと応援しています。

「私たちは遠くからずっと応援しています」などと言われると、涙が出ます。こんな老人のことは忘れて、自分の道を歩いてほしいと思うのですが、やはり嬉しい。「おやっ⁉」と思ったこんなメッセージもありました。

○こんにちは。今回谷川先生にメッセージを送ると聞いてやっと感謝が伝えられると思い、うれしくなりました。まずは、先生が送ってくださった私たちへのメッセージです。学年通信にて、先生のメッセージをみんなで読みました。本当に勇気づけられたし、私は何度も家で読み返しました。とても力づよくて素敵なメッセージをありがとうございました。

そして、先生から私たちに送ってくださった本、本当にありがとうございました。地図のページ、神社やお寺のページは、学園祭の際にとても参考になりました。

話は変わりますが、先生が長野県松本市出身だと知り、驚きました。私も諏訪市ですが、長野県に住んでいるからです。私は毎朝電車で山梨英和まで通っています。私は時々、本当にここまで通う必要があるだろうかと思うことがあります。学校が嫌なわけでも、勉強が苦痛なわけでもありません。でも、帰りの電車などでふとした時に「なんでだろう」と思ってしまうことがあります。

ですが、最近はその理由が分かった気がしています。この山梨英和の友に会うためだと思います。その1人に谷川先生がいます。谷川先生とこうして関わるためだったように思います。これからも会うべき人と毎日を過ごしていきます。

「その1人に谷川先生がいます。谷川先生とこうして関わるためだったように思います」という一文に触れた時、強い衝撃を受けました。中3ともなるとここまで深く物事を考えられるのか、という驚きでした。と同時に、自分の思慮の浅さを感じました。中学生の方がよほど深く考えている！

山梨英和の生徒たちとの命の交流がさらに深まったように思いました。

（三）卒業式式辞

2月の末、朝日新聞京都総局の記者が遠方から取材に来られました。私がＡＬＳを宣告された２０１９年の暮れ、ＡＬＳの女性患者がＳＮＳで知り合った２人の医師に嘱託殺人を依頼するという事件が京都で起こりました。朝日新聞京都総局ではその後もＡＬＳ関連の記事を継続して掲載しているということで、今回の取材もその一環でした。

掲載紙が私のもとに届いたのは3月19日のことでした。記事には山梨英和中学校との交流のことが記されていました。

前向きに 著書で人とつながる

診断後も執筆活動 谷川彰英さん

いのち見つめて
ALS嘱託殺人事件
公判から
４

九死に一生を得た。

5年前の3月、谷川彰英《あきひで》さん(78)=千葉市稲毛区=は就寝中に息が止まった。隣にいた妻の惠子さん(77)が異変に気付き、救急車を呼んだ。

搬送先の病院で谷川さんに人工呼吸器が取り付けられた。「あと15分、気づくのが遅れていたら亡くなっていました」。医師から言われた。

その後、検査を受け、徐々に筋力が衰える筋萎縮性側索硬化症（ALS）と診断された。

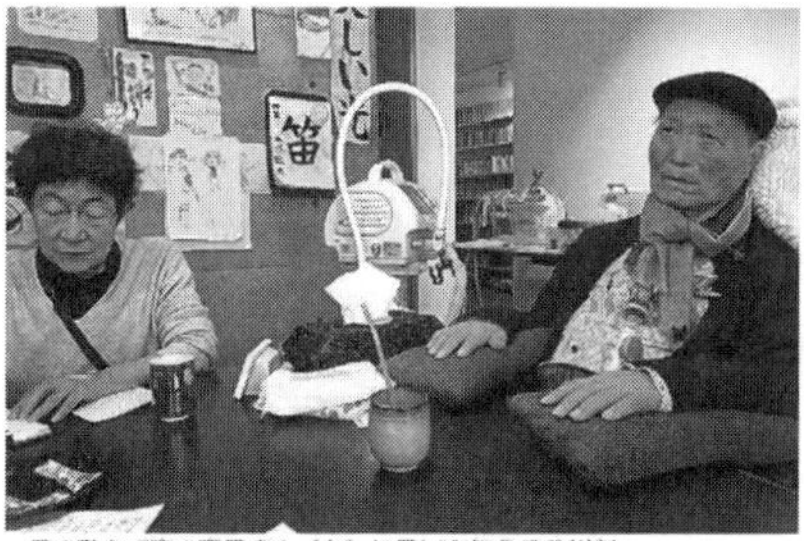

目の動きで妻の惠子さん（左）に思いを伝える谷川彰英さん。取材中、近くに住む孫が自宅を訪ねてくると、表情が明るくなった＝２月28日、千葉市稲毛区

手足動かなくても 新たな交流

妻に筆談で伝えた。

「ありがとう。我が人生に悔いなし」

絶望感は不思議となかった。むしろ、続いていた体調不良の原因がはっきりしてほっとした。


谷川さんは筑波大学の元副学長で、2009年に定年退職した。その後は京都や東京などの地名の由来をたどる「地名作家」として何冊も本を出版した。

テレビ出演や講演が続く中、18年に体調を崩した。ALSと診断される前年のことだ。

食欲がわかず、大好きだったカレーが食べられなくなり、体重は1週間で10㌔減った。がんを疑い、複数の病院を受診したが、原因はわからなかった。

あるとき、東京駅で突然歩けなくなり、駅員に車いすを借りた。講演のとき、声を出しているつもりなのに聴衆から「聞こえない」と言われた。睡魔に襲われ、1日18時間ほど眠ることもあった。

作家の仕事もできなくなった。このままでは友人や大学の教え子たちとの連絡も途絶えてしまう。孤立への不安が募った。

ただ、ALSとわかってからは前向きだった。

友人や教え子に「それでも生きる」と決意を添えて病気を報告すると、返事がすぐにあった。

「気力で粘った者勝ち」

「いつまでも私たちの先生でいてください」

病院を訪ねてくれる友人もいた。難病でも人とのつながりを切らず、生きられると思えた。

それでも、この先どうなるのかという不安は頭をよぎった。


長野県松本市で生まれ育った。北アルプスの険しい尾根を、ベッドの上で思い浮かべた。美しい。しかし、一歩踏み外せば奈落に落ちる。難病を患って生死と向き合う自身の境遇と重なった。

そんな時に起きたのが、京都市のALS患者の嘱託殺人事件だった。

被害者の女性と同じように、体が動かず自ら死を選べない中で、誰かに死を頼むことも心のどこかで考えていた。それでも、「法を犯してまで命は絶てない」との思いに至った。生きるしかないと悟ったことで、より前向きになった。

在宅治療を受け、4年半になる。わずかに動く指の力で文字をパソコンに入力できる機械を使い、ALSの暮らしや地名に関する本を執筆している。今年1月に新刊を出し、診断後に出版した本は計6冊になった。今月にも1冊出版する。

手足が動かなくても、声が出せなくても、自由に思考できる楽しさがある。

著書から新たな交流も生まれた。

22年、甲府市の中学生から、闘病生活をつづった本の感想が届いた。「先の見えない暗闇の中に置かれても、かすかな希望を自ら探し出せる人になりたい。この本に出会えて良かったです」

ALSになってからも、人とのつながりは広がった。絶望せずに生きようとすれば、きっと生きるすべは見つかる。その可能性がある限り、わたしたちは生きるべきだ。今はそう確信している。

（西崎啓太朗）


朝日新聞（京都版）、2024年3月10日付

「手足が動かなくても、声が出せなくても、自由に思考できる楽しさがある。著書から新たな交流も生まれた。
22年、甲府市の中学生から、闘病生活をつづった本の感想が届いた。『先の見えない暗闇の中に置かれても、かすかな希望を自ら探し出せる人になりたい。この本に出会えて良かったです』」

改めて中学生の率直な思いに心を打たれ、メールの添付で三井先生に送りました。すると3月20日の朝返信がありました。

「おはようございます。先生にはテレパシーがあるのでしょうか? 実は明日が卒業式なのです。先生の事も触れさせて頂こうと思い、式辞の準備をしていた所でした。(お恥ずかしながらギリギリです)

この記事も、お祝いです。ありがとうございます」

卒業式は無事翌21日挙行され、式辞の原稿を送っていただきました。そこには交流についてびっしり書き込まれていました。

山梨英和中学校卒業式贈る言葉

皆さん、山梨英和中学校ご卒業おめでとうございます。また、保護者の皆様、お嬢様のご卒業を心からお祝い申し上げます。これまでの3年間愛情をもってお支え頂きましたことに感謝申し上げます。心を込めてメッセージを贈ります。（中略）

そして、この日の夜、中学2年時より交流させていただいている谷川彰英先生から1通のメールが届きました。「3月10日付の朝日新聞京都版のトップに記事が載りました。山梨英和中学校の生徒さんとの交流についても触れていますのでお送りします。生徒の皆さんによろしくお伝えください。」とのメッセージでした。記事の中には「2022年、甲府市の中学生から闘病生活を綴った本の次のような感想が届いた。『先の見えない暗闇の中に置かれても、かすかな希望を自ら探し出せる人になりたい。この本に出会えて良かったです』」。この感想を谷川先生に書いたのは皆さんです。私が礼拝で谷川先生のご著書「夢はつながる できることは必ずある！──ALSに勝つ！」を紹介させていただいたところ、みなさんは率直な感想を谷川先生にフィードバックしてくれました。谷川先生は筑波大学元副学長であり、NHKのテレビ番組にも出演しご活躍でしたが、2018年に突然ALS（筋委縮性側索硬化症）を発症しました。ＡＬＳは全身の筋肉が動かなくなる難病で、現在の医学では治療法はないと言われています。先生は特殊なパソコンを活用し意思の疎通をなさっています。この出会いがきっかけとなり、谷川先生は新著を出版される度に、皆さんにご著書を送ってくださるようになりました。『重ね地図でたどる京都１０００年の歴史散歩』は学園祭の学年の部屋の制作に大いに役立ちましたね。皆さんは、およそ40年ぶりに再開された中学修学旅行の一期生として、訪問先を題材としたユニークな空間を創り上げました。京都の名所を上手に組み込んだ圧巻のスゴロクが床一面に広がり、実際に乗れる人力車や小さい子どもも楽しめるゲームが周りを囲み、多くの人でにぎわいました。構想から準備にいたるまで相当苦労したと思いますが、これは稀に見る傑作でした。遅ればせながら秋に二度目の御礼状を谷川先生に出しましたね。みなさんは、枠に収まりきらないほど、たくさん先生に感謝の気持ちを伝えていました。私が読んでも目頭が熱くなる程でしたので、谷川先生にはダイレクトに届いたはずです。先生もお忙しい中、とてつもない時間をかけて返事をくださいましたね。谷川先生は思春期の悩める皆さんに、勇気を持って自分自身と向き合う大切さを伝えてくださったと思います。

この2年間、三井先生とは二人三脚のように交流させていただきました。先生の橋渡しがなかったらこのような中学生との命の交流は実現しませんでした。中学生たちからの率直な思いに触れることにより、どれだけ生きる勇気と元気をもらったかわかりません。そして、私の生き方が多感な思春期にある中学生にわずかでも生きる勇気と希望を与えることになっているとしたら、教育者としてこの上の喜びはありません。

三井先生はこの春、12年にわたって勤め上げた校長職を離れ、大学院に進学されるそうです。

第3章

「わぁ、地球の上に生きている！」

1　岐阜まで往復900キロ

（一）「岐阜に行こう！」

２０２２年10月28～30日の３日間、岐阜市でエンジン01《ゼロワン》文化戦略会議のオープンカレッジin岐阜が開催されました。コロナの影響もあって釧路以来実に４年ぶりのオープンカレッジの開催となりました。釧路大会が開催された２０１８年11月にはすでにまともに歩けない状態でしたので、まさにその後の４年間は私にとってはＡＬＳとの苦闘の歳月となりました。

岐阜のオープンカレッジにはどうしても参加したい。その一途な思いで準備を進めてきました。２０２１年の春、コピーライターの岡田直也さんと写真家で映像作家の眞下仲友さんが我が家に見舞いに来られた時、岡田さんが「谷川さん、地名講座続けましょうよ！」と言ってくれたのが全ての始まりでした。

その時点では正直に言うと、もうオープンカレッジには参加できないと半ば諦めていたのですが、この一言で火が着きました。「よし、やってやろうじゃないか！」

結局その年（２０２1年）もコロナのためにオープンカレッジは再び延期を余儀なくされてしまったのですが、ついに２０２２年、三度目の正直で岐阜で開催の運びとなった次第です。

（二）「わぁ、地球の上に生きている！」

岐阜までは往復９００キロの長旅。往路は昼食の時間を含めて9時間、復路は途中下車なしで6時間の行程でした。その間ずっとストレッチャーに縛られての移動ですのでさぞかし難儀だったとお思いでしょうが、そんなことはありませんでした。介護タクシーの閉塞感よりも4年ぶりに旅に出る喜びの方が数十倍勝っていたからでしょう。

途中浜松で鰻を食べたいとわがままを言って、サービスエリアで途中下車しました。ストレッチャーの上から太陽の光を遮るように見上げると、目の先にはどこまでも透き通った秋晴れの青空が広がっていました。

「わあー！　空だ！」

まずそう思いました。４年ぶりに見る大空でした。それまで病室と自宅の天井しか見てこなかった私の目には、大空はどこまでもどこまでもまぶしく映りました。

「そうか！……自分は地球の上に生きている！」

それが素直な実感でした。それまでのベッド上の生活から解放された一瞬でした。岐阜に着いても秋晴れの空は続き、オープンカレッジの会場になった岐阜大学のキャンパスは吸い込まれるような青空に包まれていました。

（三）再会

でも不安はありました。そもそもオープンカレッジは４年ぶりの開催。それだけお互いに疎遠になっている。それにこんな格好で参加するなんてエンジン01始まって以来のこと。受け入れてもらえるだろうか？

「都ホテル岐阜長良川」に着いたのは午後6時を回り、夕闇に包まれていました。玄関では今回サポート役に徹してくれた株式会社スピーチ・バルーンの原ゆうこさんと森嶋則子さんが出迎えてくれました。

　介護タクシーを降りて車椅子に乗り換えてさあ部屋に向かおうとした時、遠くから大きく手を振ってくれた人がいました。マスクを取って笑顔も見せてくれました。経済評論家として大活躍の勝間和代さんでした。エンジン01を代表する有名人の一人です。講座で共演したことはありませんが、高知でのミュージカルや水戸での大カラオケ大会ではご一緒しました。

　勝間さんも私がALSを押して参加することを知っていたということですね。勝間さんの笑顔を見て一気に不安も吹き飛んでしまいました。

　午後7時から長年の畏友《いゆう》の村上典吏子さん（映画プロデューサー・放送作家）と同行者の宮地さん、原さん、森嶋さんを交えて夕食会。岐阜名産の鮎と飛騨牛も満喫！　妻の通訳も快調で楽しいひと時を過ごしました。その間我が家を設計してくれた建築家の竹山聖さんをはじめ懐かしい面々と顔を合わせました。皆元気そうで、自分のことは棚に上げて喜びました。

　午後9時からは最上階のバーを貸し切ってエンジンBar。林真理子幹事長が挨拶の中で私の参加に触れ、皆さんから温かい拍手をいただきました。その後も林さんは機会あるたびに声をかけてくださり、幹事長としての林先生との距離が一気に縮まりました。

感動の一瞬でした。初代幹事長の三枝成彰さんは私の手をしっかり握りしめてじっと無言で私の目を見つめてくれました。何も言わなくても三枝さんの気持ちはビンビン伝わってきました。「…………」。三枝さんが私に投げかけてくれた眼差しは紛れもない「同志」の目だ――私にはそう思えました。20年近くエンジン01の活動を続けてきて改めて文化の牽引者としての作曲家・三枝さんからの熱い熱いメッセージをいただき、感動で体が心底震えました。私は心の中で「ありがとうございました。ありがとうございました」と叫ぶだけでしたが幸せでした。

事務局長の矢内廣さんもしっかり手を握りしめ、無言で語りかけてくれました。三枝さんと林さんと矢内さんは言わばエンジン01文化戦略会議の20年を支えてきたビッグスリーで、その方々から熱いメッセージをいただいたことで、ようやく「文化の醸成に携わる表現者・思考者」（エンジン01の綱領）の一員になれたという気がしました。

さらに嬉しかったのは何人かとの再会でした。ジャーナリストの下村満子さんとは「下村満子の生き方塾」を立ち上げてからの文字通りの同志。私は副塾長を務めていました。目が不自由になった今でも多くの人たちに「生き方」へのエールを送っています。「先生！」と言って駆け寄ってきてくれたのは脚本家の中園ミホさん。ＮＨＫの大河ドラマを手掛けるほどの実力者です。そして音楽ジャーナリストの池田卓夫さん。６年前（2018年）の水戸大会の大カラオケ大会でSMAPの「世界で一つだけの花」を熱唱した仲。これはSMAP解散にちなんで秋元康さんからの特別リクエストによるものでした。楽しかったな！

（四）倍賞千恵子さん

翌29日いよいよ講座の日を迎えました。朝食会場の入り口で待っていた時のことです。

「バイショウです」

という声が車椅子の後ろから聞こえました。誰かと思って見上げると倍賞千恵子さんが立っていました。マスクが義務付けられていたために素顔は拝見できませんでしたが、紛れもなくそれは倍賞千恵子さんでした。まさかあの倍賞さんから声掛けいただくなど考えもしなかったので驚くとともに、エンジン01の仲間としての連帯感のようなものを感じました。


エンジン01文化戦略会議は一種の「スクール」みたいなもので、私たちは言わば「同窓生」。共通しているのはそれぞれの分野の枠を超えて文化の進展に寄与しようとするボランティア精神です。そう、オープンカレッジに参加する百数十名の会員は全てノーギャラなのです。倍賞さんと私をつないでくれたのはそんな文化に対する共通する思いだったと思います。

ＡＬＳそのものは文化だとは思いませんが、ＡＬＳ闘病の身で社会に発信していくのは紛れもない「文化」です。エンジン01はロシアによるウクライナ侵攻に対する反対声明を発表し、さらに会員に呼び掛けてウクライナ支援の募金を行いウクライナ大使館に届けました。私はＡＬＳと闘う立場から率先して協力しました。

（五）東海林良さんのこと

そこに食事を終えたばかりの作詞家の東海林良《しょうじりょう》さんがやってきました。東海林さんと出会ったのはマンガ家の矢口高雄先生宅で行われていた「鮎祭り」の席でした。矢口先生は元気な頃、鮎釣りが解禁になった夏、自ら釣った鮎などをふるまう宴を主宰していました。

当時はまだ矢口先生と親しく付き合いが始まったばかりでしたが、招待状をいただいて参加したのでした。行ってみてびっくり！　自由が丘の豪邸に数十名のマンガ家さんや編集者をはじめ矢口先生の関係の人々が集う大パーティーでした。

私のマンガ家さんとの本格的な交流は実はこの鮎祭りから始まりました。里中満智子先生との出会いもこの日の鮎祭りでした。実はその翌日NHKの番組に2人とも生出演することになっていて、そのことがお互いに親近感を深めたことは事実でした。

東海林さんは秋田県の湯沢市の出身で、矢口先生とは郷里の増田町（現 横手市）の隣だったということで親しくお付き合いしていたようです。東海林さんと私は同じ昭和20年生まれということもあってか、即「生涯の友」を誓う仲になりました。彼は「唇よ、熱く君を語れ」（渡辺真知子）、「沈丁花《じんちょうげ》」（石川さゆり）など数々のヒット曲を飛ばした作詞家ですが、一方で秋田県知事の候補になったほどの政治的手腕の持ち主でもあります。

生涯の友を誓い合った東海林さん（向かって左）

東海林さんは私の腕と肩をつかんで、声を絞るようにこう言いました。

「何だよ！……こんな姿見たくねぇよ！」

それは生涯の友に降りかかった天の災いを呪う言葉のように私には聞こえました。彼はじっと私の目を見続けそれは十数分に及びました。両目は涙で潤んでいました。それを見て私の目から無言のまま一筋二筋の涙が流れ落ちました。

「治るからな！　絶対治るからな！」

東海林さんは自分に言い聞かせるように何度もつぶやきました。ありがとう！　本当にありがとう、東海林さん！

私は6年前（2018年）のエンジン01 in釧路を思い出していました。オープンカレッジが終わって帰路に着いた時の話です。多くの会員が釧路から羽田に向かいましたが、羽田に着いてからが大変でした。皆出口に向かって歩いていくのですが、私は100メートル歩くのがやっと。必然的に私は休み休みの歩行になりましたが、東海林さんはそれを気遣って何度も携帯電話で連絡をくれました。今でもその声が耳に残っています。

しかし、その時は結局、出口で待っててくれていた東海林さんとは会えずじまい――それ以来4年ぶりの再会でした。

2 「われは山の子」――帰郷

（一） 5年ぶりの帰郷

２０２３年10月21日・22日の2日間、念願の5年ぶりの信州松本への「帰郷」を果たしました。「帰郷を果たす」などと言うと、何と大げさなと思われるかもしれませんが、私の意識の中ではまさに「帰郷」であって、学生が夏休みに「帰省」するのとは次元の異なる旅でした。

私の故郷（以下「ふるさと」と読んでください）は長野県松本市。その山合にある徳運寺という曹洞宗の寺院の次男として、１９４５（昭和20）年8月に私は生まれました。徳運寺は鎌倉時代末期に、鎌倉五山文学の１人で後に京都・建仁寺《けんにんじ》の住職を務めた雪村友梅《せっそんゆうばい》（1290～1347）によって開基された寺院で、その伽藍《がらん》（本堂、庫裡《くり》、山門及び高塀）は2014年に国の登録有形文化財の指定を受けています。

私が幼少時代に過ごした頃は貧しい山寺というイメージでしたが、今は藤の寺として知られ、初夏の時期になると観光客も訪れるようです。私は次男ということもあって寺のことは全て兄に任せて教育学者の道を歩んできたわけですが、自身が曹洞宗の寺院で生まれ育ったことは片時も忘れたことはありません。

私が生家の徳運寺を最後に訪れたのは2018年8月1日のことでした。その日は年1度のお施餓鬼《せがき》の日でした。檀徒の皆さんが集まるので地元の地名の話をしてくれという兄からの依頼によるものでした。

その年の2月に私は突如体調を崩し、次第に歩行が困難になり発声もしにくくなっていました。どこの病院に行っても原因がわからず、不安と恐怖のどん底にあった時期でした。生家に行く2週間ほど前の7月18日にはNHKの「人名探究バラエティー日本人のおなまえっ！」のロケで、日本橋・銀座・両国・秋葉原を歩きましたが、猛暑の中立っているのが精一杯といった状態でした。徳運寺での講演もやっとの思いで1時間を乗り切りました。それから今回の帰郷までに5年の歳月が流れました。2019年5月にALS（筋萎縮性側索硬化症）と宣告され、それ以降手足は動かず、発声もできない日々が続いているのは前述の通りです。

もう故郷の松本に帰ることは無理かもしれない。何度そう思ったかしれません。でもそんな私の背中を押してくれたのは、２０２２年11月に岐阜市で開催されたエンジン01文化戦略会議のオープンカレッジに参加したことでした。往復９００キロ、介護タクシーでストレッチャーに縛られたまま往路９時間、復路６時間の旅は確かに酷なものではありましたが、私の心は３年半ぶりの外出に躍っていました。

（二）「われは山の子」

10月21日、介護タクシーは午前９時前に千葉市の自宅を出て一路松本を目指しました。距離は３００キロ。岐阜までの３分の２です。てっきり午後３時には松本に着けると踏んでいたのですが、さにあらず。中央高速が八王子付近で45キロの事故渋滞に見舞われ、徳運寺に着いたのは夕闇が迫ろうとする午後５時頃でした。

まず徳運寺の山門を目にした時、涙が溢れました。ついに念願の帰郷を果たしたという突き上げてくるような思いでした。山門周辺には私の兄弟姉妹、甥や姪、それに私の長男と次男家族などが出迎えてくれました。一人ひとりの顔を見て、また涙……。

車椅子を向けて前にそびえる山を見上げた途端、涙がどっと溢れてきました。名もない山なのに、どこにでもある平凡な山なのに……、その山を見ただけで涙が溢れてくるのです。故郷の山に向かって言うことなし……。まさにその通りです。こちらが語らなくても山は優しくいくらでも語りかけてくれるのです。

戦前の文部省唱歌に「われは海の子」という名曲があります。「我は海の子白波《しらなみ》の／さわぐいそべの松原に／煙《けむり》たなびくとまやこそ／我がなつかしき住家《すみか》なれ」――日本人なら誰でも幼い頃口ずさんだことのある歌です。日本の情緒をたっぷり伝える歌ですが、それに関連して不思議に思ってきたことがあります。それは「われは海の子」はあるのに、なぜ「われは山の子」はないいんだろうという不満めいた思いでした。そこで僭越ですが（笑）、私流に「われは山の子」の歌詞を作ってみました。

徳運寺山門

出迎えてくれた親族たち

我は山の子清流《せいりゅう》の
上にそびゆる峰《みね》のぞみ
煙《けむり》たなびくとまやこそ
我がなつかしき住家《すみか》なれ

(三) 父母への思い

本堂でご祈禱《きとう》を済ませた後、隣の広間で谷川家の関係者の会食会となりました。私は5人兄弟姉妹の4番目ですが、私を除けばそれぞれに頑張って生活を送っています。私はしゃべれないので、亡き父母と二人の姉、兄、妹それぞれに思い出を綴り、妻に代読してもらいました。父母についての思い出の一部を紹介します。

父の思い出は何と言っても小学校5年生の夏休みに富山に連れて行ってもらったことです。なぜ私を連れて行ったのかはついにわからずじまいでしたが、今考えるとこの旅はその後の私の人生を決定づけるほどの意味を持っていました。

初めて県外に出た旅でしたが、さまざまな経験をさせてもらいました。直江津で初めて海を見、富山県に入る一歩手前の「親不知駅《おやしらず》」では、「親不知」の由来について父が話してくれました。海岸沿いの街道を歩くのはとても危険で、親子であることを忘れるほどだったことからこの地名がつけられたとのことでした。この話を聞いて地名の面白さを知ったことが、私の地名研究のきっかけであったことは事実です。

富山では父の弟に当たる平井の叔父さんの家に泊めてもらいましたが、ここでも貴重な体験をしました。まず出されたお茶が苦かったこと。信州の「がぶ茶」しか知らない私には一種の驚きでした。もう1つはイカの刺身をいただいたことです。信州の山の中に育った私は刺身というのは生のマグロのことだと思い込んでいました。イカの刺身を出されて初めて、それまで抱いていた観念が間違っていたことに気づきました。これは小学校5年生にとっては貴重な学習でした。

富山から金沢を経て名古屋の都会を垣間見、木曽を通って帰った1週間にわたったこの旅は間違いなく旅好き人間にしてくれました。

次に母についての思い出です。一番の思い出は中1の時反抗して家を飛び出した私を追いかけて、北沢に向かう道端にあった木の下で私を必死になだめ、説得してくれた母の姿でした。今も思い出すと涙が止まりません。

意地を張る私に母は「母ちゃん、もう行くね」と言いました。母は文字通り、自分は家に帰るよと言ったのだと思います。でも私の耳には「母ちゃんも行くね」と聞こえたのです。私の勘違いだったのですが、母ちゃんは自分と一緒に行ってくれると思ったのです。

その瞬間涙が溢れ、私は立ったまま泣き崩れました。母の限りない愛に負けた一瞬でした。


その日の夕べは、兄弟姉妹と家族愛に包まれた幸せなひと時を過ごしました。これだけのメンバーが集まるのはこれが最後……。信州の山の中の外気は冷たく、5度か6度。でも心地よい寒さでした。

（四）卒業63年

翌22日は一点の雲もない秋晴れの空でした。ホテルの窓から見る信州の秋空はどこまでも青く澄み渡り、その向こうに青春時代に見慣れた、初冠雪に輝く乗鞍岳（3、

026m）を望むことができました。

この日は以前からの企画で、63年前に卒業した中学校の同級生たちと対面することになっていました。その様子は当日取材いただいた地元の新聞「市民タイムス」（松本市一帯で購読されている地方紙、2023年10月23日付）に詳しく報道されました。

当日仰ぐことができた乗鞍岳

初冠雪の北アルプス、中央は松本のシンボル常念岳（2,857m）

【リード文】松本市入山辺出身の作家で筑波大学名誉教授の谷川彰英さん（78）＝千葉市＝を囲む、山辺中学校3年2組の同窓会「白樺会」が22日、同市里山辺の美ケ原温泉・翔峰で開かれた。難病の筋萎縮性側索硬化症（ALS）を押しての5年

ぶりの帰郷で、旧友たちの歌う「ふるさと」に涙を流した。（柳　純一）

昭和36（1961）年に卒業した同級生12人のほか、松本で交流のあった友人らも参加した。谷川さんは体が動かず、声も出ないため、妻の憲子さん（77）が原稿を代読した。谷川さんはその中で「おそらく最後の帰郷となるでしょう」と述べ、「松本滞在中に常念を見たい、美ケ原も見たい。松本城も一目見たい。そして締めはやっぱりそばかな。ありがとう！私を育んでくれた故郷《ふるさと》松本…。心を込めて」とつづった。

幹事の浜崎和子さん（78）のフルート演奏に合わせて校歌を合唱し、同級生が一人一人思い出を語ると、谷川さんは時折わずかに顔をほころばせてわき出る喜びを表した。寄せ書きの色紙なども贈られ、最後は憲子さんが谷川さんの視線や唇の動きから言葉を読み取り、「これまでの僕を支えてくれたのは中学の同級生のみんな」と感謝した。

白樺会は同級生が就職したころから毎年開いていて、浜崎さんは「谷川さんに会うことができて良かった」と話していた。

谷川さん（前列右。写真中央）を囲む白樺会の同級生の皆さん

難病押し帰郷　旧友と再会

入山辺出身　作家の谷川彰英さん

松本市入山辺出身の作家で筑波大学名誉教授の谷川彰英さん（78）＝千葉市＝を囲む、山辺中学校3年2組の同窓会「白樺会」が22日、同市里山辺の美ケ原温泉・翔峰で開かれた。難病の筋萎縮性側索硬化症（ALS）を押しての5年ぶりの帰郷で、旧友たちの歌う「ふるさと」に涙を流した。（柳　純一）

山辺中時代の同級生ら集う

昭和36（1961）年に卒業した同級生12人のほか、松本で交流のあった友人らも参加した。谷川さんは体が動かず、声も出ないため、妻の憲子さん（77）が原稿を代読した。谷川さんはその中で「おそらく最後の帰郷となるでしょう」と述べ、「松本滞在中に常念を見たい、美ケ原も見たい。松本城も一目見たい。そして締めはやっぱりそばかな。ありがとう！私を育んでくれた故郷《ふるさと》松本…。心を込めて」とつづった。

幹事の浜崎和子さん（78）のフルート演奏に合わせて校歌を合唱し、同級生が一人一人思い出を語ると、谷川さんは時折わずかに顔をほころばせてわき出る喜びを表した。

寄せ書きの色紙なども贈られ、最後は憲子さんが谷川さんの視線や唇の動きから言葉を読み取り、「これまでの僕を支えてくれたのは中学の同級生のみんな」と感謝した。

白樺会は同級生が就職したころから毎年開いていて、浜崎さんは「谷川さんに会うことができて良かった」と話していた。

市民タイムス　2023年10月23日付

（五）色紙——永遠の友情

会は武井勝巳君の司会で進められましたが、校歌を歌った後一人ひとり中学校時代の思い出を語ってくれました。小学校時代からの同級生もいて、思い出は尽きませんでした。当日いただいた色紙に書き込まれたメッセージを紹介します。

「同級生の一番星　家族に感謝して　お身体大切に」（赤羽きみ子）
「強い精神力に感動　ガンバレ谷川　T2《ティーツー》通信待ってます」（小澤清志）
「ガンバレ・がんばれ頑張って下さいね。この言葉しか思い付かない」（加納和夫）
「書いて下さい。もっと青春を」（欣一）
「谷川さんは今でも私達の誇りです。仕事にもパーフェクトで、ちょっと近寄りがたい方でした。私と言えばファジーに過ごした中学校時代　淡い少女時代でした」（小高……浜崎和子）
「山辺中で三年間同じクラスで学んだことが懐かしいです。鳥よしに来店下さってありがとうございました。谷川さん、ファイト！」（鈴木直子）
「彰英さんの生きる力改めて感じました。秋晴れを　友の声がけ　翔峰へ」（妙子）

「谷川さんに会えたことに感謝です」（高山千代子）
「同級生の誇り　病気になっても前向き　これからも執筆活動　頑張って下さい」（武井勝巳）
「今朝の北アルプスはとてもキレイでした。楽しいこと素敵な時がたくさんありますように」（林勝子）
「よく頑張って来ましたね。感心します」（横山幸一）

メッセージは氏名の50音順に並べましたが、目ざとい方は「?」と思われたかもしれません。そうです、ほとんどの人はフルネームで書いているのに、「欣一」君と「妙子」さんはファーストネームで書いていることです。これにはいささかの事情があるのです。

「欣一」君は矢崎欣一君ですが、実は私の妹が矢崎家に嫁ぎ欣一君と結婚しているのです。つまり私と欣一君は義理の兄弟になります。同級生の中で最も近しい関係であったことは言うまでもありません。

「妙子」さんは竹内妙子さんですが、幼少の頃私の生家の徳運寺の近くに住んでいた、言わば幼馴染でした。彼女のお姉さんは私の姉の大親友で、これも不思議な縁を感じます。当日彼女は体調不良にもかかわらず、娘さんの車でわざわざ長野市から駆け付けてくれました。

会の締めに「ふるさと」の歌を全員で謡ってくれました。私は聴くことしかできませんでしたが、1番2番と進んで、3番の「志《こころざし》を果《は》たして　いつの日にか帰らん」のフレーズになった時、涙がどっと溢れ感涙にむせびました。

最後は花道を作ってくれ、一人ひとりと眼の合図を交わし私は車椅子で会場を後にしました。

同級生の皆さん、本当に、本当にありがとう！　ボクは幸せでした。

後日、市民タイムスの担当記者の柳さんから次のようなメールが入りました。忘れられない言葉になっています。

　素敵な友情と夫婦愛を見て、最後まで席を立てませんでした。友人の冗談にお顔がふっとほころんだ瞬間を見て、「ああ、心の底から湧き上がる喜びとはこういう様を言うんだな」と感動しました。

第4章

自立・共生・夢――三つの心

1 禅の心

（一）「公平」と「意志」

時々、自分は強い人間だなと思うことがあります。「ALSを宣告されてから一度も弱音を吐いたり愚痴を言ったりすることはありません」とは妻がよく言う言葉ですが、確かにそうかもしれません。宣告を受けた直後は生死の境をさまよっていましたが、「生きる！」を選択してからは迷わず前向きに生きてきました。それは伝《でん》の心《しん》という特殊なパソコンを使って執筆活動の道が開かれたからですが、それにしても5年以上もよく頑張ってきたと、自分で自分をほめたくなることもあります。

しかし、そのように自分の存在を見つめるようになったのはALS罹患《りかん》以降のことで、元気な頃は目先のことの処理に追われてそれどころじゃないというのが実態でした。

ところが、ALSを宣告されてから自分を見つめ直すチャンスを得ました。最初の機会はALS宣告後しばらくした病院の病室でした。当時は新型コロナが蔓延する前で、毎日のようにお見舞いの人が駆け付けてくれました。その中の1人に株式会社エデュフロントの青山芳巳さんがいます。

青山さんとは、私が中央教育研究所の理事長を務めていた頃（実はALSで倒れるまででしたが）、年1回開催する教育シンポジウムについて協力してもらうといった、言わば同志というか仲間のような間柄でした。文脈は忘れましたが、何気なく
「ボクは他の人と比べてどんな特徴があると思う？」

と訊いてみたのです。本当に何の思惑もなく、何かのはずみで声をかけただけでしたが、彼女の口からは思いもかけない言葉が漏れたのです。

「人を公平に見ていることでしょうか」

その言葉を聞いた瞬間、青山さんが何を言っているのか理解できませんでした。しかし、それが自分に向けられた眼差しだとわかった時ささやかな衝撃が走りました。70年余生きてきて「人を公平に見ている」と言われたのは初めてだったからです。

このことについては『ALSを生きる　いつでも夢を追いかけていた』（東京書籍、

2020年）に詳しく書きましたのでお読みいただきたいのですが、要は仏門に育ったことが決定的な要因でした。小さい頃から「お寺の坊や」と可愛がられた私は、常に檀家の皆さんへの感謝の気持ちを持つようしつけられていました。

そんな私ですから、人を学校の成績や学歴、職歴等で区別・差別する意識などさらさらないのです。たまに「○○大卒です」などと鼻にかけている人を見かけると、「それがどうした?!」と思ってしまうのが私なのです。そんなことより、今の今を「人間として」どう生きているかの方がよほど大切じゃないですか、といつも考えています。私は現役最後に筑波大学の副学長を務めましたが、内心では「それがどうした?!」です（笑）。

もう一つ気づかされたのは、松本深志高校時代の同級生で居酒屋評論家として知られる太田和彦君が、私について書いた1本の投稿記事でした。2022年1月5日付の「市民タイムス」に新春随想として私のことを書いてくれたのです。高校時代の話に始まってALSに罹患して闘病生活に至るまでを書いた記事でしたが、その中で「おや?」と目に留まった一文がありました。

「その後の著書『ALSを生きる』（東京書籍）は、山辺のお寺出身の幼い日々も書かれ、意志を持って生きることの大切さを、『喝』を入れられるように教えてくれる」

この文も初め読んだ時はピンときませんでした。私自身、自分が意志を持って生きてきたと考えたことは一度もなかったからです。「理想に向かって進む」「信念を持って生きる」「志を果たす」などとは思ってはいましたが、その根底にある「意志を持って生きる」にまでは考えが及びませんでした。

頑固で自分勝手で、自分のことしか考えていないといつも妻に叱られている身ですが、強い意志を持って生きているということになれば、妻の評価も変わるかもしれません（笑）。確かにALS宣告後に「生きる！」と決意してからの生きざまの底には強い意志が働いていたように思います。

（二）「自力」で生きる

「人を公平に見る」にしても「意志を持って生きる」にしても、そのような心情が身についたのは全て私が禅寺に生まれ育ったことによるものと考えています。禅の心についてお話しする前にどうしても伝えたいことがあります。それは「人間は誰しも意志を持った存在だ」ということを証明するあるエピソードです。

千葉大学在職時に聴いた講演の一コマです。

アメリカで実際にあった話だそうです。5歳になろうとするのに指しゃぶりを止めない男の子がいたそうです。その原因を探ろうと、医師・心理学者・教育学者などが集まってプロジェクトを組んで研究を進めました。しかし、どうしても原因はわかりません。そうこうするうちにある日ピタリと指しゃぶりが止まったそうです。

そこでプロジェクトチームはさらに、なぜ指しゃぶりが止まったのかについて研究を進めました。しかし、どうしてもわからない。困り果てたプロジェクトメンバーは、本人に訊いてみようということになり訊いてみたところ、次の言葉が返ってきたそうです。

「ボクは5歳の誕生日になったらやめようと考えていたんだ」

まるで落語の落ちのような話ですが、これは人間は意志（will）を持って生きる存在だということを余すことなく物語っています。この話は禅の思想に通じるものがあると私は考えています。

今日の仏教の各宗派は平安仏教から始まっています。桓武天皇は平安遷都に当たり、空海による東寺《とうじ》を官寺として創建しました。言わば平安仏教は真言密教から始まったのです。東寺の講堂には大日如来を中心に今日につながるさまざまな仏像が安置されていますが、21体の仏像のうち15体が国宝に指定されています。1つの空間に15もの国宝が安置されているのは、日本広しと言えども、立体曼荼羅《まんだら》と呼ばれる東寺の講堂だけです。

しかし、時を経るとともに都は疲弊し、人心はすさんでいきます。芥川龍之介が書いた『羅生門《らしょうもん》』のような光景が都中に蔓延していきます。いわゆる末法思想の時代ですが、この時代に醸《かも》し出されたのが「浄土」の思想です。この世（此岸《しがん》）は苦しく辛いけど、あの世（彼岸《ひがん》）に行けば極楽浄土が待っているという思想は、ごく自然に庶民の間に浸透していきました。

私の大好きなお寺に京都東山の永観堂（禅林寺）があります。このお寺は「みかえり阿弥陀像」で知られ、取材やツアーのガイドで何度訪れたかわかりません。極楽に向かって作られた回廊を上りつめた所に阿弥陀堂があるのですが、そこのご本尊である阿弥陀様は立像《りゅうぞう》で、しかもソッポを向いているのです。

阿弥陀如来像は基本的に座像で、しかも悩める人々を極楽浄土に迎える役目を負っているために正面を向いているものなのです。ところが、永観堂の阿弥陀様はすっくと立ち上がったお姿で、左後方を振り返っているのです。ここには深い宗教的意味が隠されています。

永観堂の一室にいかに浄土にたどり着けるかを描いた絵があります。そのコンセプトは次のようなものです。

この世のことを此岸（こちらの岸）と呼びますが、此岸は有象無象《うぞうむぞう》の世界でさながら生き地獄の世界です。その此岸から彼岸（向こうの岸）の浄土に渡るためには白道《びゃくどう》を通らねばなりません。ところがこの白道が難関で、生前悪業を働き罪を犯した者は血の海に引きずり込まれて彼岸にはたどり着けない運命にあったそうです。

当時の都は末法の時代で悪業が横行していたために白道を渡り切れる者がいない。そこで待ちかねた阿弥陀様は自らお立ちになって、「さあ私のあとについて来なさい」と言って歩き出そうとしているのが、この「みかえり阿弥陀」の像とのことです。

高さわずか77センチの仏像ですが、目の前にして解説すると感動して目頭を押さえる人もいます。

平安後期になると、京都の仏教は最澄の開基になる比叡山延暦寺を中心に回るようになります。12世紀から13世紀になると、後に鎌倉仏教の花を開くことになる高僧たちが比叡山から輩出され、次々と新しい宗派を形づくっていきました。法然が浄土宗を、親鸞が浄土真宗を、道元が曹洞宗を、栄西が臨済宗を、そして日蓮が日蓮宗を生み出していったのです。その意味で、比叡山延暦寺は日本の仏教を育んだ一大学問所であったと言うことができます。

これらの宗派をごくごく大雑把に分けると、浄土宗・浄土真宗の「他力本願」派と曹洞宗・臨済宗の「自力本願」派になります。前者は永観堂の箇所で述べた浄土の思想の延長上にある信仰です。浄土宗では「南無阿弥陀仏（ナムアーミダブ）」と念仏を唱え続けると、極楽浄土に救われると言われています。京都にある「百万遍《ひゃくまんべん》」という地名はその念仏の回数に由来しています。

ある意味この考えはとても人間的で、弱い人間でも容易に入っていける優しさがあります。実は私の母は浄土宗の寺院の娘として生を受け、曹洞宗の寺院に嫁いだのですが、最後まで浄土宗の信仰を振り切ることはなかったと兄は言っていました。信仰とはそういうものなのでしょう。

一方の禅宗の場合はあくまでも自力で修業を積んで、自ら悟りを開くことを主眼にしています。そこには容易に屈しない精神的な強さと厳しさが求められることになります。

私が中1だった頃の話です。ある晩のことでした。近所に住む檀徒のおじさんが酒の勢いで寺に怒鳴り込んできました。

「クソ坊主！　出て来い！」

と怒鳴りながら、庫裡《くり》に上がり込んで喚き散らしていました。かなりの泥酔状態でした。私は何が起こったのかと、障子の陰から様子を伺いました。おじさんの怒鳴り声にしばらくして父は顔を出しました。さてこれからどうなるのかと私は冷や冷やしながら見守っていました。

おじさんは変わらず父に罵声を飛ばしていましたが、酔っているせいか聞き取れません。私は父がどう出るかを注視していました。2人の対面は2時間近く続きましたが、父は顔色も変えず、一言も口にしませんでした。それは禅を組んでいる時の姿そのものでした。「自力」で生きる禅僧の強い意志を見せてもらいました。

冒頭で、自分は強い人間だと思うことがあると述べましたが、それは禅の心によるものだと今更ながらに感じます。そしてそれは教育学者としての私の人生をも変えていったのです。

2 「生活科魂」――三つの心

（一）大会へのメッセージ

教育学者としての私の人生を語る上で欠かせないのが、30年以上前に新設された「生活科」という教科の定着と進展に深く関わったことです。生活科はその後の日本の教育を変えるとともに、私の人生をもドラスティックに替えました。今の私はこの教科に関わったことで支えられていると言っても過言ではありません。

読者の中には小学校1・2年のお子さんやお孫さんをお持ちの方もいると思います。低学年に週3時間、「生活」という時間があります。機会があったら是非、生活の教科書を手に取ってご覧になってみてください。平成4（1992）年度から完全実施された教科ですので、その年度以降に入学された方は必ずこの学習を経験しているはずです。生活科に深く関わったことで、思わぬドラマが生まれました。その一端を紹介します。

２０２３年６月、神奈川県相模原市で日本生活科・総合的学習教育学会の第32回神奈川全国研究大会が開催されました。この大会にはどうしても参加したかった。30年来苦楽を分かち合ってきた同志・仲間に一目会いたかったからです。大会紀要にメッセージを求められ、私は次のように書きました。

「生活科魂」

谷川彰英

第32回大会、感無量！　嬉しいです。そして吉田豊香先生を中心にして頑張った準備委員会の皆さん、ありがとう！

「生活科」誕生に当たって私は二つだけ（！）良いこと（?）をしました。一つは本学会の設立を当時文部省の視学官をされていた故中野重人先生に進言したことです。「学者の会」ではなく、会員一人ひとりが「個人の立場で自由に思考し表現できる学ぶ会」を創ろうというのが私の思いでした。

もう一つは完全実施の前年の平成３年秋のこと。視学官の中野先生が実際に授業して範を示したらどうかという話が持ち上がりました。しかし生活科について賛否両論渦巻く中文部省の責任者が授業を行うことはリスクが高いとして、私がその代役を務めました。11月30日、大分大附属小の2年生を対象にした授業でした。

　生活科はその後の日本の教育を変えるとともに私の人生も変えました。当時、幼少期の生活経験や体験活動は老後にこそ生きると主張していましたが、今その試練に直面しています。4年前不治の難病ＡＬＳを宣告され手足は動かず発声もできませんが、心（精神）は自由で元気です。そう簡単には負けませんよ！「生活科魂」で皆さんに会いに行きます。（第3期会長）

大会そのものは相模原市で行われたのですが、初日の懇親会は隣の町田市にあるレンブラントホテル東京町田で開催されることになっていました。

(二)　三つの心

懇親会のホールは３００名の会員で埋め尽くされました。コロナ禍で対面の大会ができなかったこともあって、どの会員も数年ぶりの再会の喜びで目はキラキラと輝いていました。私が挨拶代わりに書いたメッセージを、大会会長の吉田豊香先生が会場の大スクリーンに映してくれました。以下に紹介する「三つの心」がそれです。

三つの心

私が微力ながらも「生活科」の定着・発展に力を尽くしたのは、なぜか?
それは、
生活科は日本の教育を変えるだけでなく、
人間のあり方・生き方に大きな示唆を与えるものだと確信したからです。

ALSという難病と闘って早《はや》5年。身体《からだ》は動かなくても、
精神は自由でありたいと願っています。
この間私を支えてくれたのは「生活科魂」でした。
その「生活科魂」は三つの「心」によって支えられていると思います。

一つ目は、
自分のことは自分で決めて生き抜くこと。
これは「自立」の心です。

二つ目は、
周りの人々や自然などの環境と支え合いながら生きること。
これは「共生」の心です。

そして三つ目は、
どんなに苦しくても夢を捨てないこと。
これが「夢」を持つ心です。

同じ志を共有できるこんなに多くの素敵な仲間たちに会えて、ただただ感動！
未来の自分にワクワクドキドキできる子どもたちを育ててください。
最後に、本大会の準備に当たってくれた大会会長の吉田豊香先生をはじめ準備委員会の皆さんに感謝申し上げます。素敵な第32回大会をありがとう！ そして、ご苦労様――」。

２０２３年６月17日

谷川彰英

このメッセージの中で３回会場から拍手が起こりました。会員の皆さんがどこに反応したかと言いますと、一つ目は「どんなに苦しくても夢を捨てないこと」の箇所でした。これは素直に私へのエールだと受け止めました。

二つ目は「未来の自分にワクワクドキドキできる子どもたちを育ててください」でした。これは育てるべき子ども像が共有化されていることの証しだと考えました。

そして三つ目は「本大会の準備に当たってくれた大会会長の吉田豊香先生をはじめ準備委員会の皆さんに感謝申し上げます。素敵な第32回大会をありがとう！　そして、ご苦労様――」。これは苦労して準備してきた先生方への感謝のエール。会場は一気に盛り上がりました。

3 「自立への基礎を養う」

（一） 教育改革への意志

私がどのように生活科と出会い、どのようにして生活科に傾倒していったかを語る前に、そもそもどんな思いで教育学者の道を選んだかについて述べることが必要ですね。

私が教育学徒として生きることを志したのは高2（1962年）の秋のことですから、もう60年以上も前のことになります。きっかけは当時の高校教育への疑問と不満でした。自分のやりたくもない勉強をなぜ押しつけられるのか、という怒りに満ちた思いでした。本来の教育はこんなものではないはずだ、教育というのは生徒のやりたいことを支援するものではないのかという思いが頭の中で渦巻いていました。加えて大学受験の重圧でやるせない思いにさいなまれた日々が続きました。そこで「よし、それなら俺が日本の教育を変えてやる」と決意しました。強い意志に基づく志でした。
私が博士論文の対象にした柳田国男先生は、生涯の学問活動を支えたものは「何故に農民は貧なりや」という問いだったと言っています。柳田先生の問いになぞらえて言えば、私の問いは「やりたくもないことをなぜ学ばされるのか」ということになります。柳田先生は少年期を過ごした利根川べりの布川（現 茨城県利根町布川）で当時の農民の惨状を目の当たりにしてこの問いを抱き、農政学、郷土研究、民間伝承などの探究を経て日本民俗学を樹立されました。先生に共感したのは、学問は世のため人のために行われなければならないと、常に警鐘を鳴らし続けられてきたことです。その精神は私の教育学研究や地名研究にも一貫しています。

私は筑波大学の前身の東京教育大学の教育学部教育学科に進学しましたが、そこで2人の素晴らしい恩師に巡り合うことができました。これは天に感謝するしかありません。お1人は、学部1年次に「教育原理」のゼミでお世話になった梅根悟（1903～1980）先生でした。紙幅の都合で詳しく語れないのは残念ですが、とにかくすごい先生で入学早々の私たちは目の覚めるような感化を受けました。先生は戦後の「新教育」を牽引《けんいん》された第一人者で、専門は外国教育史でしたが、その豊富な叡智をもとにカリキュラム改造運動も推進され、その教育学者としての業績・活動は他の追随を許さないものがありました。

先生は、ゼミでお世話になった翌年（1965年）、退職と同時に和光大学の初代学長として迎えられましたので、接点はわずか1年にとどまりましたが、私の教育学者としての生き方を決定づけるほどの感化を受けました。本書にも先生の教育思想が根本的なモティーフとして流れていますが、それについては第5章で触れることにします。

もうお1人は上田薫（1920~2019）先生です。先生は哲学者西田幾多郎の初孫として生まれ京都大学の哲学科に進んだのですが、学徒出陣で戦地に赴くことになります。復員後は文部省に入って戦後新設された「社会科」の学習指導要領を完成させました。

私は大学院で直接指導を受けましたので、上田門下の1人です。後に社会科教育の研究者の道をたどるようになったのは、上田先生に師事したことによるものでした。

当時の教育論壇では「問題解決学習か系統学習か」が議論の的になっていました。簡単に言うと、子どもが主体的に問題解決を図りながら学習するのを重視する立場と、いやそうでなく教えるべき内容を系統的に教授することこそ重要だとする立場の間での論争でした。

私は梅根先生からこの世に「問題解決学習」という考え（理論）が存在することを教

えられ、これこそ高校時代に抱いた「やりたくもないことをなぜ学ばせられるのか」という問いに答えてくれるものだと考えていましたので、当然のことながら問題解決学習派に与《くみ》していました。

その流れの中で、生涯の師として上田先生の門を叩《たた》いたことになります。子どもの現実から出発し、子どもの興味・関心に沿った学習の実現を図ることが、私の使命だと考えるようになりました。

そして、その考えをさらに進め日本の教育を変えるきっかけを作ったのが「生活科」の新設だったのです。

お2人とも、子どもが主体的に問題を解決しながら学習を進める「問題解決学習」を提唱されており、その感化のもとに私は問題解決学習派の研究者としてデビューすることになります。

(二) 1本の電話から

平成元(1989)年に改訂された学習指導要領で「生活」(生活科)という教科が小学校低学年に設けられました。それまであった低学年社会科・理科を廃止して新設されることになったことに加えて、高等学校にあった「社会科」が「地理歴史科」と「公民科」に再編されることになったために、特に社会科関係者からは「社会科解体」として強い反対の声が挙がりました。

そんな中、こともあろうに、社会科教育研究者として千葉大学から筑波大学に移ったばかりの私は文部省から、生活科の協力者になってほしいという依頼を受けたのです。

人生はドラマだとはよく言ったものです。正確な年は忘れましたが、某年4月早々の月曜日の朝9時半頃文部省の生活科担当教科調査官の中野重人先生から自宅に電話がありました。私はちょうど出かける前でしたので、とりあえず「ご用件は？」と伺うと、今日行く場所と時刻と電話番号を教えてくれというのです。先生は慌ただしそうに「お願いしたいことがある」とおっしゃっていました。

私のその日のスケジュールは、図書館などを回った後午後3時に東京渋谷の某小学校を訪問することになっていました。忘れもしない、ちょうど約束時刻の午後3時の2、3分前のことでした。正門に入った私の姿を見かけて職員室から大きな声がかかりました。

「文部省から電話が入っています。急いでください！」

もちろん電話主は中野先生でしたが、普通の公立学校に文部省から直接電話が入ることはあり得ない話なので、電話を取り次いだ職員の方も何が起こったのかとうろたえた様子でした。

用件は文部省の生活科協力者会議のメンバーになってほしいという説得でした。中野先生の説明を受けたのですが、何せ人様の学校の電話、長話もできません。結局「ええ、まあ……」という曖昧な返事をしたことが、相手方には「はい」とでも「イエス」とでも受け止められたのでしょうね。結局私は不承不承、文部省の生活科の協力者になることになったのでした。

携帯電話やスマホが普及していなかった時代の話。今考えると喜劇映画を見ているような気がします（笑）。

これは我が国の教育史の隠された秘話の一コマです。生活科の何たるかも理解していないまま協力者会議に出席するようになったのですが、この会議を通じて生活科が提起している問題の重要性に気づかされました。それは「子どもが自ら創る学び」の大切さです。

（三）「自立への基礎を養う」

生活科を新設したその背景には当時の子どもたちの生活体験の不足、自然離れ現象などへの対応というねらいがあったのですが、教科のキーコンセプトは「自立への基礎を養う」でした。最初に作られた平成元年版の学習指導要領には、「生活」として次のように規定されました。

「具体的な活動や体験を通して、自分と身近な社会や自然とのかかわりに関心をもち、自分自身や自分の生活について考えさせるとともに、その過程において生活上必要な習慣や技能を身につけさせ、自立への基礎を養う」

生活科の新設は戦後初めての教科再編ということもあって、空前の反響を呼び起こしました。私が主宰する「連続セミナー 授業を創る」が主催した大阪での研究会には、3000人近い教師たちが押し寄せました。

面倒な理屈よりも授業例で説明しましょう。

それまでの低学年社会科でも公園に行く学習がありました。しかしその学習ではある目標が事前に仕組まれていました。その目標とは「社会には《みんなで使うもの》があることに気づかせる」でした。言い換えれば「公私」の見極めをさせようというのですから、間違っているとは言えません。

教師はまず教室内で、「自分で使うもの・みんなで使うもの」を識別させようとするので、これも間違いとは言えません。そして、教師は子どもたちを「公園」に引率して連れて行きます。公園は文字通り公の施設ですので、みんなで使うものばかりです。水飲み場やトイレに始まってベンチや滑り台、ブランコなどに目を向けさせ、最後は教師が「公共施設はみんな仲良く大切に使いましょう」と締めくくる。

以上が低学年社会科の典型的な授業例でした。要するに教師が設定した目標に収斂《しゅうれん》させようとしたのです。それまでの教科指導では大なり小なり、どんな単元でも目標に結び付けようとするのが常でした。

それに対して、生活科はそのような見方を押し付けることをやめ、公園で自由に遊ばせる中で子ども一人ひとりがどこに眼をつけ、どんな活動をするかを見届けることから始めようと考えたのです。ある子どもは公園にいる動物に興味を示すでしょうし、ある子どもは咲いている花に眼をつけるかもしれません。さらに別の子どもは滑り台などの遊具で遊びながら社会的ルールに気づくことでしょう。

こうして子どもが自分にとっての公園の存在を意味づけたり価値づけたりして、自ら関わろうとしていくことを大切にしたのです。要するに「遊び」も学びのうちだと宣言したのです。遊びの中にもそれぞれの子どもの意志（will）が働いていることへの着眼です。

以上述べた2つの授業例は一見ささやかな違いのように見えるかもしれませんが、実はコペルニクス的転回と言っていいものでした。それまでの授業は、一人ひとりを生かすと言いながら、所詮は国が決めた学習指導要領とそれに基づく教科書の示す結論に収斂されるのが落ちでした。

私は、戦後の教育史の中で、子どもの自由な学びを保障するカリキュラムは生活科によって準備されたと考えています。生活科の新設はほぼその10年後の学習指導要領の改訂（小中学校は平成10年、高等学校は平成12年）で「総合的な学習の時間」の新設を促し、今日に至っています。高校時代に抱いた教育改革は夢半ばですが、手応えは十分感じています。

（四）「自立」の大切さ

生活科の目標は「自立への基礎を養う」でした。この「自立」という言葉を当時の私たちは当然のこととして受け止め、深く考えようとしませんでした。これは反省です。当時の生活科仲間の間でよく交わされていた言葉に「自分のことは自分でやる」という言葉がありました。これは「自立」という言葉の本質を見事に表したものですが、いまその意味を問い直しています。これは宗教というものに深く関連している問題です。生活科の三つの心については、キリスト教学者の陶山義雄先生から次のような示唆に富んだ感想をいただきました。

生活科魂～3つの心について感銘を受けると共に、生きる目標と力を頂きました。自立の心、共生の心、夢を持つ心、この3つはどれも生きる上で大切な柱になるのですが、牧師の勤めとしては2番目と3番目については自戒しつつ、勧めとして語って来ましたが、1番目の「自立の心」については、谷川先生の闘病をも踏まえてお話し下さったことに痛く感銘を受けつつ、これら3つを同じ重さで受け止めて来なかった自分を反省しています。とかく宗教人は依存症が強くあり、自立よりは寄り縋る依存症を美徳とさえ受け止めて来たことを、先生のお言葉を通して反省しています。

拝読して改めて「自立」することの大切と深さを考えさせられました。生活科が始まった当初、「自立への基礎を養う」というフレーズがここまで宗教の神髄に触れるほどの価値を込めたものであると考えた人は、私を含めて誰一人いませんでした。

陶山先生からはさらに、本書の根幹に関わる示唆をいただくことになるのですが、それについては第6章で述べることにします。

(五) 禅の生き方

ALSに倒れてからの自分を振り返ってみました。発症して6年、ALSを宣告されて5年が経ちましたが、その間迷わず前を向いて生きてきました。「自分のことは自分でやる」どころか、自分一人では何もできない日々を数年過ごしてきました。しかし、身体的には自立できなくても、精神的には自立できていたのだと思います。

ある時妻が、

「さすが、禅寺で育っただけのことはあるわね」

とつぶやきました。今考えると、生活科でいう「自立」は禅の「自力」の思想に通じるものがあると思います。私は禅について専門的に学んだわけではありませんが、幼い頃から父や母の生き方を見ていて、人間はどんな苦しみにも耐えて乗り越えて生きるべきだと教えられたように思います。

妻は私がＡＬＳを宣告されて以降、一度も愚痴をこぼしたことがないと言いますが、確かにその通りです。愚痴をこぼしても何の問題解決にもなりません。苦難に耐えて自分を見失わず最後まで生き切ることこそが大切で、それを「自力本願」というのではないでしょうか。

そう考えると、自分の人生で生活科に出会ったのは必然であったように思います。

第5章

「死なないでください!」

1　生き地獄を見た

（一）コロナ感染

エンジン01《ゼロワン》in市原、1月27日の締めは「夜楽《やがく》」でした。講師を囲んで誰でも参加できる懇親会ですが、この会の演出も私が考えました。講師はコピーライターの岡田直也さんを筆頭に映画プロデューサーの村上典吏子さん、直木賞作家の桜木紫乃さん、それに私でした。

私の体に異変が起きたのは、宴が盛り上がりお開きの午後9時に差しかかろうとしていたまさにその時でした。

突然全身から汗が出る感触に襲われ、苦しくなって目を閉じました。妻が締めの挨拶をしている最中でしたが、私は夢うつつ状態で聴いていました。これまで経験したことのない感触でした。今考えるとそれがコロナ感染の症状だったのですが、兆候はありました。提供されたパスタなどの美味しいはずの料理に、ほとんど手を付けられなかったからです。その時は久しぶりにワインを口にしたせいかな、程度に考えていました。

会場から自宅までは介護タクシーで30分程度の近さだったことが助かりました。翌日体温を測ってみると37・9度、喉の痛みもありました。しかしその翌日には平熱近くに下がったので、特に気に留めていませんでした。

(二) 生き地獄

悲劇はそれからでした。実は2月1日から15日までの2週間の日程で定期検査入院することになっていました。いつも通りの気持ちで入院のはずでしたが、入院時の簡単な検査でコロナと診断されてしまいました。それから2週間は生き地獄さながらでした。こんな苦痛が続くくらいなら死んだ方がましだ。瞬時そう思いました。

生き地獄の入り口に待ち構えていたのは、呼吸器の交換による痛みでした。平時の私は、喉の気管切開(気切《きせつ》)をしたところにカニューレという器具を埋め込み、そこにチューブを通じて呼吸器から空気を送るというシステムの中で命をつないでいます。毎日20回ほど行われることになっているのは、チューブを外してたまった痰を吸い取る「吸引」というケアです。私たち人工呼吸器装着者にとっては、この「吸引」は死活問題なのです。コロナ罹患《りかん》中の呼吸器の交換による痛みは想像を絶するものでした。それも吸引時だけではなく、24時間続くのですからたまったものではありません。

この痛みに追い打ちをかけたのは「環境リズム」の変化です。「環境リズム」とは私の造語ですが、要するに毎日ルーティン化して行われている環境のリズムのことです。自宅と病院の環境リズムの違いを決定づけるものは、ケアを担っているのが自宅ではヘルパーであるのに対し、病院では看護師だということです。

私の場合は、ほぼ毎日20時間程度ヘルパーに入ってもらっています。その時間帯は、ヘルパーは私のためだけに働いてくれるので、細部にわたる指示も徹底できるということになります。例えばポジショニングの取り方や口腔ケアなどは個人によってニーズが異なるので、ある程度担当し続けないと会得できません。

環境リズムの中には非常に細かいケアが含まれています。私の場合は朝食にはエンシュアという栄養を胃婁《いろう》を通して注入し、昼食と夕食は普通食を摂っているのですが、まず経口の食事は禁止されました。これは別にダメージはなかったのですが、飲水を止められたのは厳しい処置でした。私は夜寝る前と朝起きがけに水を１００ccほど飲むことにしているのですが、これを止められたことは辛かった。口の中が砂漠状態になり、これも生き地獄を感じた要因の１つでした。

細かいことを言い出したら切りがありません。気切の部分に化膿止めの薬を塗ってもらっていたのができなくなったのも、痛みを増した要因だったと思います。目薬も朝晩に２種類の薬を差すことにしているのですが、それも途絶えました。当時口角炎《こうかくえん》を患っていて、口腔ケアの際無造作に触れられて痛みが走るなんてこともありました。

このようなケアは個人に付き添うヘルパーだからできることであって、病院の看護師に求めることができないことは百も承知しています。システムが違うからです。どの看護師さんも秒刻みで動く中で（本当に！）、良くケアしていただきました。ありがとうございました。特に退院直前にこちらの思いを察してひげをそってくれた看護師さんには感謝です。

（三）「空中文字盤」

今回の入院では新しい問題というか課題に直面しました。それは病院関係者との意思疎通、コミュニケーションに関することです。私は2年ほど前からST（言語聴覚士）さんの指導で、「Wアイクロストーク」という方式を取り入れ、全てのコミュニケーションを行っています。この方式は千葉県八千代市在住の医師の太田守武先生が開発されたコミュニケーションメソッドです。太田先生はALSに罹患《りかん》されながらもハンディを超えて医療を続けていることで知られています。

原理はとてもシンプルで、誰でも直ちに会得できます。私の部屋には、「あかさたなはまやらわ」の紙が貼ってあります。最初のステップは私がいずれかの紙に視線を向けます。対話者は私の視線がどこに向けられているかを確認します。仮に「た」に視線が向けられていることが確認できたとしたら、次のステップは対話者が「たちつてと」と読み上げます。私は「と」を指定したいとしたら、対話者が「と」と発声するタイミングで私が瞬きをします。それを対話者が確認してようやく「と」が伝達されたことになります。

この作業を繰り返すことによって初めて、例えば「とうきょう」が確定し、それを対話者が「東京」に変換してコミュニケーションが成立です。今は慣れてしまっていますが、考えてみれば途方もない作業です。

入院してまず直面したのはこのコミュニケーション問題でした。私はこの方式を勝手に「空中文字盤」方式と呼んでいるのですが、STさんによればこの方式をマスターしているのは全国で私を含めて数人しかいないとのことでした。

当然病院にはこの方式に通じている人はいません。入院後しばらくは会話が通じず、完全にお手上げ状態でした。この事態が生き地獄に追い打ちをかけたことは言うまでもありません。

結論。「y＝ALS×高齢者×コロナ」の方程式を完全に甘く見過ぎていました。反省――。

この厳戒態勢が解かれたのは退院の2日前の2月13日のことでした。担当医の伊藤喜美子先生が部屋に入ってこられ、笑顔で右手の親指を立てて「グッドジョブ」のポーズを見せてくれました。粋ですね！　素晴らしく好いドクターでした。このポーズで私は救われました。

（四）　さかもと未明さん

Facebookに「死にたいと思った」と投稿したところ、エンジン01仲間のさかもと未明さんからコメントが届きました。未明さんは若い40代に膠原《こうげん》病を発症し、一時は余命宣言され、今も不自由を抱えながら歌手として画家として国際的に活躍しているアーティストです。

先生、わたしも膠原病悪化で死ぬと言われた時、歩けず、コップも持てず、声も出ませんでした。いまは幸い歩いたり歌ったりできるし、絵も描いていますが、先生の発症のときと似ていて、更に痛みでのたうち回るくらいで、窓から飛び降りようとしたほどです。先生と同じで、治らないとわかったとき、なにかが吹っ切れ、残りをどれだけ真剣に過ごせるかと、考えが変わりました。

先生の活躍、生き方は世界中のＡＬＳのかたに励みになります。頑張ってくださいね。

難病の苦しみを乗り越えてきたからこそのコメントでした。本書では、未明さんとのＳＰ対談もかないました（終章参照）。

この経緯を第16回「わたしのマンスリー日記」（モルゲンＷＥＢ連載、２０２４年３月）で知ったエンジン01事務局の夏井孝子《こうこ》さんから嬉しいメールが届きました。

生き地獄日記を拝読し、痛みや苦しみがリアルに伝わり、冷や汗と鳥肌が出ました。大

変な時間を乗り越えた谷川さん……本当に大変でしたね。（泣）
改めて、市原の講座を作りあげてくださったこと、そして、市原に来ていただいたこと自体に、ありがとうございました‼

こんなメールこそ泣かせますね。でも、こんな「人とのつながり」の中で生きている自分は幸せだと思います！

2 「死なないでください！」

（一） 届いた1通のメッセージ

60×60×24×14=1,209,600

いきなりで恐縮ですが、これは何の数式だと思いますか？ 60×60がヒントですが、数学に強い方はピンときたかもしれません。60×60は1時間に刻まれる秒数を意味しています。

それに24と14を掛けるということは、そうです、２週間の入院期間中に刻む秒の回数が１２０万９６００だということです。もちろん入院中にこんな計算をする余裕などありませんでしたが。

入院して数日が最も苦しかったのですが、その間に何度かパソコンのデジタル時計の表示を開き、1秒でも早くこの苦痛から解放してくれという祈りの情景でした。私は絵を描くことはできませんが、生前深く交流させていただいたマンガ家の矢口高雄先生ならこの苦しみをどのように描いてくれるのだろうと夢想しながら、パソコンのデジタル時計の表示を見つめていました。考えてみれば残酷で悲しいシーンでした。

私がFacebookに「このまま死にたいと思いましたよ」と投稿したのは2024年2月7日午後9時過ぎのことでした。するとすかさずある「友達」からのリアクションがありました。

死なないでください！

ご病気のしんどさは想像を絶するものだろうと、

さまざまな思いがあられるだろうと、

先生のことを思い、胸を痛めております。

もっと早くお会いしたかったです。

でも、幸せなことに、今、出会わせていただくことができました‼

先生がいてくださることが唯一の心の支えです。

先生にお会いしたいです。
そのために、私は己の弱さに打ち克って、先生に笑顔でお会いできるように立ちあがろうとしています。
先生に喜んでいただけるような、楽しいお話を
私の言葉など、なんの役にも立たないかもしれませんが、
どうか夢をもって、叶えにいきましょう!
必ず会いに行かせてください‼

(2/7・21:12)

このメッセージは私にとっていろいろな意味で衝撃でした。まず冒頭の「死なないでください!」という言葉に心を打たれました。こんなストレートな言葉を投げかけられたのは初めてでした。そして「先生がいてくださることが唯一の心の支えです」という言葉にも驚きました。私はエンジン01in市原の講座で公表した「生きる!」宣言の中で、「難病と闘い重度障害を抱えながらも本を執筆してきた私の生き方から生きる勇気と元気をもらったという人がこの世に一人でも二人でも存在しているとしたら、喜んで残された命をその方々のために捧げましょう」と書きましたが、まさにその「一人」が現れ

たことになります。

（二）　子どものために学ぶ教師たち

メッセージの送り主は鹿児島市内の小学校で教頭職を務めている山口小百合という先生でした（以下、ご本人の同意を得た上で「山口さん」と呼ばせていただきます）。山口さんは私の生き方に触れて「人生の最大の岐路」に立たされていた状況を乗り越えることができたと感謝されているのですが、そのことを述べる前に、どのようにして山口さんと出会ったかを語る必要があります。

私が本格的にFacebookで交信するようになったのは2年ほど前からですが、Facebookの交信によって私の交流範囲は爆発的に拡大していきました。連日数件の友達リクエストが国内外から舞い込み、それにまともに対応していたら、あっという間に友達の数が800人にも膨れ上がってしまいました。しかし、新規の友達リクエストをくれた人の多くが「日本のどの都市に住んでいますか」「そちらの天気はいかがですか」というレベルのもので、それ以降リクエストは無視することにしました。正直そのような会話にお付き合いする余裕はありません。

巷ではSNS上での詐欺事件も報じられていますし、何よりパソコンに強いヘルパーの高橋恵美子さんが何気に言ってくれた「若い綺麗な女性からのリクエストには気をつけた方がいいですよ」という忠告を守っているお陰で、被害には遭っていません（笑）。

山口さんと友達になったのは1年以上前のことです。「共通の友達」を開いてみたら私の信頼できる教育界の友人がずらり並んでいたので、安心して友達になった記憶があります。

Facebookの山口さんの写真を初めて見た時、「おや⁉」というインスピレーションが走りました。しばらくはそれが何によるものなのかわかりませんでした。しかし、小学校の先生だと知って謎が解けました。それは「この先生はできる。子どもたちの心に寄り添える教師だ。子どもたちからも好かれているに違いない」と直感したのです。

直感は当たっていました。そんなことがなぜ可能だったのかを、説明する必要がありますね。

近年の著作では奥付のプロフィール欄に「作家」とか「地名作家」と書くことが多くなりましたが、もともと私は教育学者でした。千葉大学から筑波大学に至るまで私は一貫して社会科教育を基盤にした研究者で、メインの仕事は小中高等学校の社会科教師の教員養成と、大学の社会科教育の研究者の育成でした。私の教え子や弟子たちは全国に数えられないほどいて、それぞれ活躍しています。

ちなみに、私の地名研究は千葉大学時代に学生たちと社会科の授業開発をしたことに始まったもので、地理学や歴史学、民俗学などを生半可に応用した地名研究とは根本的に異なっています（失礼ながら）。私はそのことを誇りに思っています。その背景にある日本民俗学の始祖である柳田国男の学問論と教育論については機会を改めてお話しすることにしますが、いずれにしても、私の地名本がわかりやすく面白いと評されるのは、地名研究が〈教育的ニーズ〉に基づいているからです。

１９８７年に私は全国の教師を対象に「連続セミナー 授業を創る」という会を組織し、授業づくり運動を開始しました。若い教師たちに学びの場を提供し、共に成長しようというのが運動の趣旨でした。

私はこの運動のためにあらゆる手を尽くしました。この会発足後に小学校低学年に「生活科」という新教科が設置され、その授業づくりにも手を伸ばしましたので、大忙しとなりました。この運動に加わってくれた教師たちは、例外なく「子どもたちのために学ぶことをいとわない教師」でした。

山口さんに感じたインスピレーションとは、まさにこの「連続セミナー 授業を創る」の教師像に重なるところから発したものでした。

（三）「人生最大の岐路」

山口さんと本格的な交信を始めたのは、２０２４年になってからのこと。山口さんがFacebookに「私は、つらくて消えてしまいたいと思っていました。けれど、谷川先生が私を見つけてくださいました。谷川先生の言葉は、私の心に優しい光をふりそそいでくださいました。必ず乗り越えます」と書き込んだのは、１月17日のことでした。

私は彼女に特別な言葉を投げかけたわけではありませんし、特に彼女を「見つけた」わけでもありません。ただ当初から、彼女には「何かあるな……?」と感じていたことは事実です。そんな思いで今後交流しましょうと声をかけたに過ぎません。しかし、それが人生の岐路に直面するといった大事であるとは夢にも思いませんでした。

私が入院で生き地獄を見たのは２月１日（木）から15日（木）までの２週間でしたが、この期間に山口さんも人生を変える一大決意をしたというのです。そのドラマをFacebookとメールでの交信で紹介することにします。

山口さんから悩みを打ち明けられたのは２月４日（日）のことでした。私が苦痛にのたうち回っている最中でした。

【山口さん→谷川（2／4　10：17）】

谷川彰英先生

こんにちは。鹿児島市で小学校の教頭をしております山口小百合です。何に悩んでいるのか、先生にお話したいのですが、整理がつかないでいるところです。

実は、教頭を辞するかどうかを悩んでいます。自分には向いていないことを痛感しています。業務量の多さよりも、学校内外のいろんな人のいろんな考えを受け止める立場であることがメンタルに影響しています。毎日、人知れずがんばってはいても、思いやりをもって動いていても、理不尽なことが重なると悲しくなります。過去には暴言や無視、勝手な思い込みによる誹謗中傷など、心折れる出来事もありました。業務改善や授業改善など組織的な取組をもっと進めたいのですが、教頭としてうまく立ち回れず、自責の念に苛まれ続けています。

今の学校には貴重な宝物があるのです。30年前に、PTAが作った郷土資料室です。寄付金や農具を3年間かけて集めて、創立100周年記念事業としてつくられたものです。ちょうど鹿児島8・6水害の時です。埋もれて掘り起こした農具もあります。水害でシラス大地が流されて、2万2000年前の炭化木が出てきました。

収められている農具の数も多く、昔の農家の居間も再現されており、学校がこのような資料館並みの規模の資料室を有していること自体、特有で貴重だと思います。

しかし、残念ながら、長い間、物置になっていました。「ふるさとの館」を復活、再生したいという地域の方々の願いと民具や歴史が好きな私とが、運命的に出会いました。

ふるさとの館を悲願として、地域の方々と立ち上がったのです。今年が創立130周年なので、この記念事業として取り組もう！　今、自分たちがやらなければ、この先誰もやらないし、郷土の宝を失ってしまうとの思いです。

しかし、周年事業への思いには温度差があり、全員でビジョンを共有し、合意形成していくのは大変なことでした。

コロナ禍であらゆる活動がなかったことからくる負担感や、業務改善で学校職員と保護者と地域が直接話し合う時間をもてないことなど、難しい状況がありました。

たくさんの人々が協力し合って取り組み、子どもたちや地域住民など多くの方に楽しんでもらうことができましたが、もやもやを残してしまいました。

物置になってしまっていた地域の宝物

プライベートでもつらいことが重なりました。

親しくしていた仲間で集まる約束をしていたのですが、私だけ呼ばれませんでした。「山口さんには心が動かないからしょうがない。スポンサーや団体の推薦もないし。井の中の蛙は井の中の蛙のままでいた方が幸せだよ」と言われました。「豪華メンバー」と言って、仲良く楽しそうにしている人たちを見て、泣くしかありませんでした。本を書く依頼をされて、一緒に仕事ができることを心から楽しみに待っていましたが、何も連絡がないままです。そしてどんどん冷たくなり、恨み言を言ったら疎まれて、縁を切られてしまいました。

もう一人、ずっと一緒に学んできて尊敬し信頼してきた人がいました。一緒に学び、愛称で呼び合い、長い間、たくさん語り合ってきた大切な存在でした。変わり者で不器用な私のよさをわかってくれて、私が唯一心を開いて本音で話せる人でした。

しかし、次々に新しい出会いがあり、絶え間なく刺激的な日々を送るその人は、一緒に計画していた約束をキャンセルして、(もういろいろ動いて準備をしていた) 別の人たちとの交流に夢中になりました。毎日来ていたメッセージも来なくなり、ここには書けない様々な悲しいことばかり続きました。

2人とも親友と言ってくれた人たちです。一緒に過ごしたたくさんの楽しい思い出があります。私にはかけがえのない心友でした。苦境の中を踏ん張って来られたのも、2人のおかげです。それが、別の人から「しつこいファンの人さようなら」と言われて衝撃を受け、完全に心が折れてしまいました。

私以外は、ずば抜けた才能をもち、全国的な人気者です。初めから世界が違うんだ。私は実力もないし、会話が苦手だし、一緒にいても楽しくない人間だから責めてもしょうがない。そもそも恩も縁も忘れて、簡単に人を切りすてる人たちにとって、私は友達などではなかったのだろう。それ以来、あらゆることに自信をなくし、泣いてばかりいました。私はただ、一緒に学んでいたかったです。

そんな時、谷川先生が、「直感です」と言ってくださいました。私に、価値があると言ってくださったのです。そして、交流したいと言ってくださったのです。

どれだけ嬉しかったか。何度も泣きました。

先生の書かれた文章を拝読して、先生から学び、受け継いでいきたいと思うようになりました。

「足もとに授業のたね～地域を生かす授業～」というテーマで、福岡で、15分だけ登壇する機会をいただきました。たった15分ですが、久しぶりにいただいた、私には大事な挑戦の場です。自分の実践を省察して、おもしろいと思ってもらえるような提案にしていきたいです。

過去にとらわれず、前を向いていかなくちゃと思っています。こんなことで悩んでいる、ちっぽけな人間です。家族がいなければ、消えたいと思っていた人間です。

先生、ありがとうございます。必ず乗り越えます。

山口小百合

今考えると、よく打ち明けてくれたものと感じ入ってしまいます。私は山口さんの勤める学校とは無縁ですので、実情はわかりません。しかし、管理職にある一教師の抱える悩みは十分伝わってきました。彼女はそれ以前に「私は今人生の重大な岐路に立たされています」とFacebookに投稿してきたことがあったのですが、その人生の岐路とは、それまで数年務めてきた教頭職を返上しようというところにあったのです。

彼女の苦悩が理解できたのは、私も現役時代同じ苦悩を抱えていたからです。私は筑波大学時代の最後の10年近く、管理職に就かされ散々な苦労を味わわされました（そのことは別の機会に語ることにします）。

ただ、自分が管理職に向いていないとは思いません（笑）。むしろ幼少期の「お山の大将」よろしく中学校では生徒会長を務めましたし、大学の教員になってからも「連続

セミナー 授業を創る」に代表される組織を作りトップを走ってきました。
ただ最大の欠点は既成の組織の中の一コマとして働くことが苦手だったことです。山口さんにも同じ傾向があるのかもしれません。

（四） 乗り越えた壁

（三）の最後に述べたことは後で考えたことで、メッセージを受け取った時は私はまさに生き地獄の中にいたわけで、次のように返すのが精一杯でした。

【谷川↓山口さん（2／5）】

エンジン01 in 市原が終わって定期検査入院したその場で、コロナと診断され地獄のような体験をしました。貴女の状況はわかりました。落ち着いたらメールしますね。

谷川彰英

【谷川↓山口さん（2／9）】

これは生き地獄です。退院の15日が早く来るよう祈ってください。

するとと驚くべきメールが飛び込んできました。

【山口さん→谷川（2／11）】

谷川彰英先生

谷川先生、先生の苦しさを思い、言葉が見つかりません。必ず治ると、そしてお会いできると信じています。

私は、教頭を辞する申出を撤回しました。逃げずに、地域の方々へのご恩返しと、子どもたちとやり残した挑戦と、専門職として学び合う学習共同体づくりのために、立ち上がろうと決めました。

谷川先生も病気と闘っておられる、私もイバラの道を選びました。「考え方と工夫」で、おもしろく楽しくしていきます。

先生と出会わせていただいたからです。

生き地獄を共に、

命の花を咲かせましょう！

我ここにあり。

15日を指折り数えてお待ちしています‼

山口小百合

このメッセージを読んで涙が流れました。「私は、教頭を辞する申出を撤回しました」という一言に心から拍手を送りました。「凄い！　よく決断した。頑張れ、応援してるぞ」――まだ会ったこともない一教師へのエールでした。

(五)　よみがえった笑顔

私は退院した2月15日の夜、「無事退院できました。声援ありがとうございました。この日を記念して私の教え子になってくれませんか。今構想している本であなたとの出会いについて書くつもりです」と書きました。彼女と共闘するためです。見ず知らずの先生に「私の教え子になってくれませんか」などと声がけするなんてことは普通はあり得ないことですが、個人的にはその奇想天外な発想がいかにもマンガチックで好きなのです。

山口さんからは「退院おめでとうございます！　新しい船出ですね。教え子にしていただけるなんて、幸せです、先生の教えを私のサイズで受け継いでいくことを、これからの楽しみにしていきます！　今からわくわくしております！」とレスポンスがありました。

3月23日に福岡で行われる予定だった「足もとに授業のたね〜地域を生かす授業〜」用のプレゼンのデータができたのでアドバイスしてほしいというメールが入ったのは、何と前日の22日の午後10時過ぎのことでした。何でもその日に予定されていた卒業式の準備のために忙殺されており、こんなタイミングになってしまったとのことでした。無理からぬ話です。

プレゼン用のデータを見て私は考えました。今からコメントを送ってもデータを作り変える時間なんかないよな——それが率直な思いでした。でも、少しでも手助けになるかもしれないと考え直して、午前1時過ぎに返信しました。

自分で言うのは僭越ですが、私は人前で話すことに関してはいささかの自負がありました。最盛期には夏休みの1か月に28回の全国行脚講演のレコード（?）を持っていますし、倒れるまではテレビのバラエティー番組にも数多く出演してきました。

そんな私の目から見ると、プレゼン用のデータには二つの問題があると思いました。

一つは冒頭に「足もとに授業のたね〜地域を生かす授業〜」についての小難しい理屈が

書かれていたことです。まずこれをカットするよう指示しました。聞くところによれば、スピーチの実質持ち時間はわずか12分。聴衆のうち学校の教員は全体の40パーセントほどで、他は保護者とその子弟とのことでした。学校の教師にしか通用しない話では効果は望めません。

山口さんが用意した「たね」はどこの学校にもある「校章」でした。素晴らしい着眼です。これまで校章を取り上げた社会科の授業を見たことはありませんでした。私はこの校章の話だけで十分だとアドバイスしました。翌早朝、間に合わないと思いながらも、「決して欲張らないことです」とメールしました。

事後報告によると、データは鹿児島から福岡までの新幹線の中で作り直したそうです。やはり、できる教頭先生ですね。

聴衆の笑顔が素晴らしい！

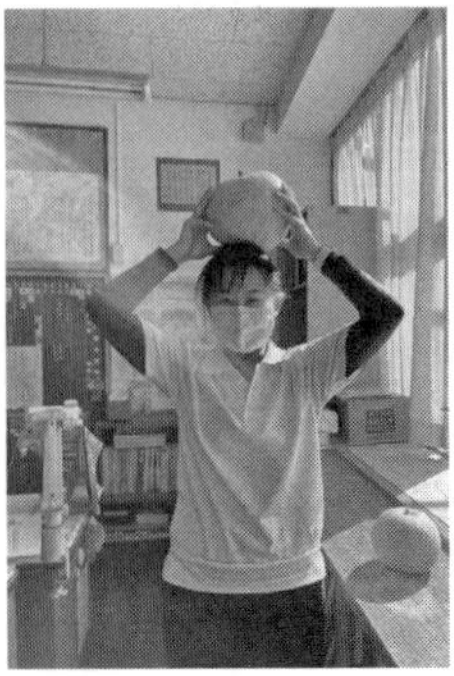
茶目っ気たっぷりの山口先生

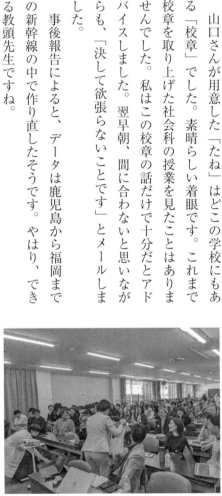

結果、スピーチは大成功だったようです。「谷川先生にいただいたアドバイスのとおり、シンプルに1本の筋を通して話しました。足もとに授業のたねを校章から考えることが、参加者にはちゃんと伝わったようです。授業後に、自分の学校の校章を見ましたというメールが来ました」という報告の後に、「次々と大量の情報を提示して、畳みかけるのは、聞き手のことを考えていないなと反省しています」とありました。まさにその通り。

参加者からは、「身近にあるものから、何でも授業にできるということに気付いた。コンテンツがおもしろい。落語家みたい」といった感想が寄せられた他、ある高校生からは、「自分も社会科教師になりたい」というリフレクションをもらいましたともありました。

メールに添付されていた写真を見て驚きました。聴衆の一人ひとりが例外なく講話者の山口さんに笑顔を向けている。素晴らしい笑顔です。この私が嫉妬心を感じるほどの雰囲気です。

山口小百合先生、大成功ですよ（拍手）。おめでとう！

山口さんとの交流を取り上げたのは、エンジン01 in市原で公表した「生きる！」宣言のタイトル「人間は人間を幸福にできる！きっと」につながると感じているからです。これは第4章で紹介した梅根悟先生のご著書『世界教育史――人間は人間を幸福にできる、その考え方の歴史』（光文社、1950年）からヒントを得たものですが、この本を読んでから60年間「教育は人間を幸福にするものでなくてはならない」と固く信じて、学問活動を続けてきました。

ALSという過酷な運命にさらされようとも、その思いに変わりはありません。だから、私の生き方から勇気と元気をもらったという人が1人でも2人でもいる限り、その方々のために生き抜いてみせる。そう思わせてくれた1人が山口さんだったのです。

3 「野菊の墓」

（一）「幸福な死」

苦しみにあえぎながら、私はずっと「死」について考えていました。死ぬこと自体は怖くはありません。この世の生きとし生ける全てのものに寿命があり、いつの日か死を迎えるというのは、避けられない宿命だからです。どんな偉い政治家であっても、どんな絶世の美女であっても、あれほど強かったアントニオ猪木でも死を迎える。無常ではありますが、見方を変えればこんな公平な原理はありません。それは時が万物を公平に流していくのと同じ原理です。この原理には何人も逆らえないのです。

生命の誕生は言わば「所与」であって、本人の責任を問えるものではありません。なぜ日本に生まれたか、なぜ男・女の子として生まれたかを問うことは所詮無意味なのです。

それに対して、死については責任が問えるのです。他人がどうこう問うという意味ではなく、自らの意志で生と死について問うことができるという意味です。自分の人生はこれで良かったのだろうか、やり残したことはないか、家族はじめ社会の人々に何を残せたのだろうか、そして死後どこに行くのだろう、等々自問することは無限に広がっていきます。

「死ぬことはどう生きるかということ・生きるとはどう死ぬかということ」という命題は、このような自問自答を繰り返すことによってできたと言っていいでしょう。おそらく、宗教というものはこのような自問自答の苦闘を経て誕生したものだと思います。

人にとって多様な死に方があるとしたら、どのような死が望ましいのか考えました。得た結論は「幸福な死」でした。これは全ての宗教に共通しているように思えます。浄土宗でいう極楽浄土のイデーはまさにその象徴でしょうし、キリスト教で「天に召される」というのも、「幸福な死」を示唆しているように思います。

宗教学者でない私には明確な根拠に基づく論を展開することはできませんが、実は「幸福な死」のアイデアはある小説を思い出すことによって生まれたものでした。その小説とは、千葉県の生んだアララギ派の歌人・伊藤左千夫の書いた『野菊の墓』という小作品でした。

（二）「野菊の如き君なりき」

この作品に最初に触れたのは小説ではなく、それをもとに製作された「野菊のごとき君なりき」という映画でした。記憶に間違いなければ、小学校5、6年頃学校の体育館で観たはずです。

原作は千葉県を舞台にした純愛・悲恋物語ですが、映画のストーリーはわからずじまいでした。でも、スクリーンは鮮明に記憶しています。印象的な場面は主人公の政夫が舟に乗って川を移動する光景を撮ったものでしたが、信州の山国育ちの私には何とも不可解な映像でした。長野県の川はいずれも急流で、舟で移動するなんてことは想像の域をはるかに超えていたからです。

ところが後でわかったことですが、1955年に木下恵介監督によって製作されたこの映画は実は信州を舞台にして構成されたものでした。原作はもちろん千葉県で山らしい山などない現在の松戸市・市川市を舞台にした物語です。舟運《しゅううん》はそうした風土の千葉県だからこそ可能であって、信州の河川では考えられない。当時すでに地理大好きだった少年はその矛盾に気づいたのかもしれません（笑）。

『野菊の墓』の冒頭に次の一節があります（以下、引用は新潮文庫より）。

「僕の家というのは、松戸から二里許《ばか》り下って、矢《や》切《ぎり》の渡《わたし》を東へ渡り、小高い岡の上でやはり矢切村と云ってる所。矢切の斎藤と云えば、此界隈《このかいわい》での旧家で、里見の崩れが二三人ここへ落ちて百姓になった内の一人が斎藤と云ったのだと祖父《じじい》から聞いている」

今も変わらない矢切の渡し

主人公の政夫は15歳、民子は17歳……。幼馴染の2人はお互いに惹かれながらも、民子が2歳年上だということで結ばれず、政夫が学校（旧制千葉中学校、現 県立千葉高校）に学んでいる間に民子は市川の嫁ぎ先で亡くなってしまうという悲しい物語です。

2人が仲良く山の畑に行った時のくだりに、こんな美しい描写があります。

「まァ政夫さんは何をしていたの。私びッくりして……まァ綺麗な野菊。政夫さん、私に半分おくれッたら、私はほんとうに野菊が好き」

「僕はもとから野菊がだい好き。民さんも野菊が好き……」

「私なんでも野菊の生まれ返りよ。野菊の花を見ると身震いの出るほど、好《この》もしいの。どうしてこんなのかと、自分でも思う位」

「民さんはそんなに野菊が好き……道理でどうやら民さんは野菊のような人だ」

民子は分けてやった半分の野菊を顔に押しあてて嬉しがった。二人は歩き出す。

「政夫さん……私野菊の様だってどうしてですか」

「さァどうしてということはないけど、民さんは何がなし野菊の様な風だからさ」

「それで政夫さんは野菊が好きだって……」

「僕大好きさ」

この年頃には誰でも経験する淡い恋心の一コマですが、今から考えると決定的に異なる時代背景があったことを指摘しておかなくてはなりません。この作品は明治39（1906）年に発表されたものですが、当時は「十五で姉やは嫁にゆき」の歌のように、17歳になった民子は十分嫁入りの適齢期に達していたことが1つ。そして、もう1

つは当時は年下の嫁を迎えるのが常識だったということです。
このような事情から、２人は互いに思いを残しながら別々の道を歩むことになります。学校に入るために千葉に立つ前日に、政夫は民子に手紙を書き残しました。これが最後のメッセージとなってしまいました。

朝からここへ這入ったきり、何をする気にもならない。外へ出る気にもならず、本を読む気にもならず、只繰返し繰返し民さんの事許り思って居る。民さんと一所に居れば神様に抱かれて雲にでも乗って居る様だ。僕はどうしてこんなになったんだろう。学問をせねばならない身だから、学校へは行くけれど、心では民さんと離れたくない。民さんは自分の年の多いのを気にしているらしいが、僕はそんなことは何とも思わない。僕は民さんの思うとおりになるつもりですから、民さんもそう思っていて下さい。明日《あした》は早く立ちます。冬期の休みには帰ってきて民さんに逢うのを楽しみにして居ります。

十月十六日　　　　　　政夫

民子様

（三）民子の死

それから半年余りたったある日、矢切の母から一通の電報が届きました。急ぎ矢切に帰って聞いてみると、民子が亡くなったとのことでした。嫁ぎ先のお祖母さんの話です。

「六月十七日の午後に医者がきて、もう一日二日の処だから、親類などに知らせるならば今日中にも知らせるがよいと言いますから、それではとて取敢《とりあえ》ずあなたのお母さんに告げると十八日の朝飛んできました」

「民や、そんな気の弱いことを思ってはいけない。決してそんなことはないから、しっかりしなくてはいけないと、あなたのお母さんが云いましたら、民子は暫くたって、矢切のお母さん、私は死ぬのが本望であります。死ねばそれでよいのです……といいましてから猶口の内で何か言った様で、何でも、政夫さん、あなたの事を言ったに違いないですが、よく聞きとれませんでした。それきり口はきかないで、其夜の明方に息を引き取りました……。それから政夫さん、こういう訳です……夜が明けてから、枕を直させます時、あれの母が見つけました。民子は左の手に紅絹の切れに包んだ小さな物を握って其手を胸へ乗せているのです。それで家中の人が皆集まって、それをどうしようかと相談しましたが、可哀相なような気持もするけれど、見ずに置くのも気にかかる。とにかく開いてみるがよいとあれの父が言い出しまして、皆の居る中であけました。それが政さん、あなたの写真とあなたのお手紙でありまして……」

私は病院のベッドの上で、ずっと『野菊の墓』の民子の死について考え続けました。これといった結論など出たわけではありません。

本書執筆のために、改めて『野菊の墓』を読んでみました。最後のくだりを読んで涙が溢れ、ただ、ただ泣きました。それでいいのだと思いました。人の人に寄せる透明な愛に感動したからです。

伊藤左千夫の生家（千葉県山武市《さんむし》）

近くにある記念碑

第6章

利他の精神で生きる

1　Do for Others

（一）2つの顔――教育学者と地名作家と

「Do for Others」とは聖書の中の言葉だそうです。「だそうです」とはいささか無責任な話ですが、私はこれまでキリスト教には縁がなく、従って聖書をまともに読んだことがないからです。それどころか、私は長野県松本市の徳運寺という曹洞宗の寺院の次男坊として生まれた身ですので、そんな人間が聖書を引きながら話をするのは不謹慎だと思う方もいるかもしれませんが、これもあるドラマにまつわる言葉です。

私は1945（昭和20）年8月生まれで、言わば「戦争を知らない子供たち」（北山修作詞・杉田二郎作曲）の第一世代として育ちました。寺の業務は父の跡を継いだ兄に任せ私は自由気ままな人生を送ることができました。兄には大感謝！　私は教育学者の道を選び東京教育大学（現 筑波大学）に進学し、大学教員の道を進みました。

千葉大学助教授から筑波大学教授となり、最後は副学長までやらされました。これが第一の人生だとしたら、第二の人生は筑波大学退職後地名作家として全国を歩き回り多数の本を世に送った時期に当たります。私の地名研究は最初の赴任校であった千葉大学時代に取り組んだ柳田国男研究に基づいて始まったもので、後に柳田国男研究で博士（教育学）の学位を取得することになります。

半世紀近くの間全国を歩き回って書いた記事の数は、著書の他雑誌や新聞の連載等を含めると1000を下らないと思います。必然テレビ出演も増え全てが順調に運んでいるかに見えました。しかし、その後ALS罹患《りかん》といった過酷な運命にさらされることになりました。

（二）それでも本を書く！

そんな状況下で1冊の本を書くことが至難の業であることはわかっていましたが、当時は単純に「本を書くことならできる、いやそれしかできない」と考えていました。決して他人《ひと》のために（for others）書いたわけではありませんし、まして自分のALS以降の生き方が他の人たちに勇気や元気を与えることになるなどとは夢にも考えていませんでした。正確に言えば、10万人に1人か2人しか罹らないという不治の難病を突き付けられてどう生きたらいいのか、自分のことで精一杯だったというのが偽らざる姿でした。

そんな私の目を開いてくれたのは大分の小学校6年生たちでした。ALS宣告後2冊目に出した『日本列島 地名の謎を解く』（東京書籍、2021年）を大分市立判田小学校の石井真澄先生に送ったところ、たまたま本に記載されていた「姫島」が修学旅行の候補の1つに挙げられていたこともあって、その後奇跡ともいうべき交流が生まれました。

また、この本の書評を書いていただいた縁で知己になった明治学院学院長（当時）小暮修也先生によって私の生き方を知る人が爆発的に広がっていきました。それは例えて言えば、「小暮扇子《せんす》」を一気に開いたようなものでした。

2冊目を書いた時は手足は完全に動かず発声もできない状況だったことから「奇跡の1冊」とも「驚異の出版」とも評されました。そんな中私は3冊目の執筆を進め、2022年7月に『夢はつながる できることは必ずある！——ALSに勝つ！』（東京書籍）を上梓しました。この本についても小暮旋風（！）は吹きました。

（三）子どもたちのために

２０２２年６月１日付の朝日新聞の天声人語で紹介されたのも小暮旋風の１つでした。そして、小暮先生を通じて紹介された山梨英和中学校の２年生たちから読後感・メッセージが届きました（第２章参照）。

ＡＬＳに倒れるまで私はたくさんの本を書いてきましたが、子どもの心にストレートに響く本はＡＬＳ宣告以降に書いた３冊です。自分の拙い生き方が他の人に生きる勇気と元気を与えているとしたら、その人たちのために（for others）生きよう。そう思うようになりました。

（四）Do for Others

「小暮旋風」のお陰でキリスト教関係の皆さんとの交流が広がっていきました。その１人に陶山義雄先生がいます。陶山先生は明治学院高等学校で教鞭を執られた後、東洋英和女学院大学に教授として迎えられたという経歴をお持ちのキリスト教学者です。

小暮先生と陶山先生はとにかく私の生き方にいたく共鳴され、常に励ましのメッセージをいただいています。「Do for Others」という言葉は陶山先生とのやり取りの中で初めて知りました。これはキリスト教の「黄金律」（The Golden Rule）で、明治学院の校訓にもなっているそうです。その詳しい意味は後にして、私がなぜこの言葉に惹かれたのかお話ししましょう。

私は幼少の頃からわんぱく坊主で、人一倍負けん気の強い少年でした。良く言えば強い「意志」（will）を持った人間ということでしょうが、裏返せば自分の思う通りにならないと気が済まない「お山の大将」的存在で、小さい頃から「アキちゃんはきかん子だ」と言われてきました。しかし、強引な「昭和の男」と揶揄《やゆ》されながらも、やらざるを得ないことも含めてやれることを思う存分やってきたという自負はあります。

著書もたくさん出しましたし、大学の副学長、各種学会の会長、政府の委員等々数え切れない役職をこなしてきました。しかし今にして思えば、それらはいずれも「自分のため」（for me）の域を出ていなかったように思います。『夢はつながる できることは必ずある！――ＡＬＳに勝つ！』を書きながら一入《ひとしお》その思いを強くしました。これからは自分のためにではなく、他人《ひと》のために（for others）生きよう。そう思うようになりました。

そう思わせるきっかけとなったのは皮肉にもＡＬＳの罹患《りかん》でした。ＡＬＳという難病に罹らなかったら私は変われなかったと思います。4年前の3月23日私は一度死んだ――そして生まれ変わったのだと思います。その奇跡を生んでくれたのは判田小学校6年生、山梨英和中学校2年生との出会い、そして小暮修也先生・陶山義雄先生をはじめ全国から届けられたたくさんの応援メッセージでした。

(五) ペスタロッチの墓碑銘

私たち教育学者にとってはスイスの生んだ偉大な教育家J・H・ペスタロッチ(1746~1827)は近代教育の始祖としてバイブル的存在ですが、彼は終生孤児や貧しい子どもたちの教育に当たりました。もちろん彼は敬虔なクリスチャンでした。ペスタロッチの墓碑銘は次のようなものです。

〝Allles für Andere, für sich Nichts〟

これは私たち教育学者にはよく知られたフレーズで「アッレス フューア アンデレ、フューア ジッヒ ニヒツ」と読みます。有名な言葉で通常はドイツ語のままで伝えられていますが、私は昔からこのフレーズを日本語に訳すとしたらどうなるかと密かに考えていました。「すべては他人《ひと》のために、自分には何も求めず」とも訳されますが、いかにも長くリズム感がない。私はこう考えました。

「すべては自分のためにではなく、他人《ひと》のために」

この方がすっと入ってくると思いませんか。英語に訳すとこうなります。

All for others, Nothing for me
実は『夢はつながる　できることは必ずある！——ＡＬＳに勝つ！』を書き上げた時の心境は、まさに〝Alles für Andere, für sich Nichts〟そのものでした。学生時代ほの暗いゼミ室でペスタロッチの記した一文字一文字に込められた思いをたどったことを思い出します。

（六）　宗教って何？

そんな思いでいた時に陶山先生から

ペスタロッチの墓碑銘（スイス・チューリッヒ郊外）
金子茂九州大学名誉教授撮影・山内芳文筑波大学名誉教授提供

キリスト教の黄金律である「Do for Others」という言葉を教えられ、改めて宗教って何だろうと考えさせられました。私は仏門に育ちながら専門が違うことをいいことにして、仏教について何も学んできませんでした。「門前の小僧習わぬ経を読む」程度の話で恥ずかしい限りです。

でも高校卒業までの18年間で宗教について「体得」したことがあります。それは一言でいえば「苦しんでいる人を受け入れること」です。これは書物を読んで学んだことではなく、父や母の生き方をずっと見てきて思ったことです。この考えは骨の髄まで浸み込んでいますが、これって宗教というものの本質ではないでしょうか。

陶山先生によれば、「Do for Others」の本質は欽定訳聖書の

Whatever you want men to do to you, do also to them.

によるとのことですが、これは門外漢の私でも耳にしたことがあります。そのまま訳せば「あなたがたが自分にやってほしいことは何でも他の人たちにしてあげなさい」ということになるのでしょうが、これも深いですね。ただ私の置かれている現況ではこれを実行することは困難です。やってあげられることは限られているのです。何でもというわけにはいきません。

今の私にできること、それは闘病の苦しさに耐えて自分のためにではなく「他人《ひと》のた

めに」（for others/ für Andere）本を書き続けることです。
最後に陶山先生によれば、「Do for Others」という「黄金律」は世界の三大宗教のキリスト教、仏教、回教だけでなくユダヤ教、ヒンズー教、儒教、道教の7つの宗団が同じような教えを中心に据えているそうです。

それにしても不思議な縁です。私は学部3年から4年にかけてドイツに遊学の名目で渡り、ヨーロッパ各地を放浪したのですが、キリスト教の壁にぶつかって帰国しました。キリスト教に無知だった私にはキリスト教に支えられた文化は理解しがたく、それまで傾倒していたドイツ教育学研究を断念して、柳田国男研究にのめり込むことになりました。

それは仏門出身の私にとっては必然の流れでしたが、ＡＬＳ罹患後の今になってキリスト教の神髄に触れ、ペスタロッチの教育思想を見直すことができたことは幸せなことでした。そして、この苦境の中で生き抜くための貴重な示唆をいただいたことに感謝いたします。

2 「壁のないコンサート」

（一） 3・11 チャリティコンサート

２０２３年３月11日、東京のサントリーホールで行われた第10回「３・11　全音楽界による音楽会　チャリティコンサート」に参加しました。外出は２０２２年10月に岐阜まで遠征して以来２度目でした。このチャリティコンサートはあの東日本大震災の直後の２０１１年６月、三枝成彰さん、林真理子さん、湯川れい子さんなど音楽・文化関係者たちの呼び掛けで始まったのですが、今回で10回目を迎えました。

毎回我が国を代表するトップアーティストに協力いただくのですが、出演に際しては全てノーギャラ。チケット代は０円、ただし入場の際に「１万円以上」の寄付金を申し受けるという仕組みです。寄付金は東日本大震災の震災孤児の支援の資金に充てられています。ちなみに今回の来場者は1641名、寄付金総額は1977万3928円に上ったそうです。

ユニークなのは会場の入り口にバケツを持ったボランティア数名が並んで来場者から寄付を募るという光景です。「バケツ募金隊」と呼んでいますが、この年の隊員は作詞家の東海林良さん、ニュースキャスターの安藤優子さん、発起人の1人で音楽評論家の湯川れい子さん、放送作家でコラムニストの山田美保子さん、それに私でした。実際にはこれに発起人の作曲家・三枝成彰さん、作家の林真理子さんが加わって募金が行われました。

バケツ募金隊。後方左から東海林良さん、安藤優子さん、湯川れい子さん、山田美保子さん

（二）トロンボーンの思い出

チャリティコンサートの案内には「ジャンルを越えた音楽のチカラを！」というコピーが掲げられていました。私には当初この「音楽のチカラ」という言葉がピンときませんでした。音楽ってどんなチカラを持ってるの？——などと半信半疑な思いがあったことは事実です。それは「プロ」のチカラを知らなかったからでした。そのことをコンサートで嫌というほど知らされました。

私が音楽好きになったのは中学校の音楽の授業との出会いでした。昔も昔、大昔の話です。平賀先生という男性教師の授業が〈ただ〉好きでした。作曲の真似事をしたこともありますし、挙句の果てはブラスバンドに入りトロンボーンを担当することになりました。入部して間もなくのことでした。市のブラスバンドの大会に出場することになり、私も壇上に上がることになりましたが、その時先生に言われたのが次の一言——。

「谷川、トロンボーンを動かしてもいいが、音は出さなくていい」

まだトロンボーンに慣れていない私をおもんぱかっての言葉でした。今にして思えば良き時代でした。かくして私は一回も音を出すことなく演奏は終わったのでした（笑）。

（三）「音楽のチカラ」

そんな音楽経験しかない私にとってこのコンサートは大きな衝撃でした。クラシックからカンツォーネ、オペラなどの声楽、ピアノ・バイオリン・アコーディオンの演奏、さらに合唱団による歌唱、そして取りは坂本冬美さんと五木ひろしさんの熱唱でした。

3時間に及んで次々に繰り広げられるアーティストたちのパフォーマンスに私は「圧倒」されっぱなしでした。それは単なる「感動」などといったレベルを超えて、全身に音楽の波が怒濤のように覆いかぶさってくる感覚でした。そうか、これが「音楽のチカラ」なのか！

どうしたらあんな声量が出せるのだろう。ピアノやバイオリンやアコーディオンの演奏はどうだ！　どうしたら神業のようなあんな演奏ができるのだろう。少年時代、一度もトロンボーンの音を出すこともなく壇上を去った私にはまさに衝撃以外の何物でもありませんでした。

その歌唱や演奏に合わせるオーケストラの一糸乱れぬ演奏も見事！　そして私はそれを操る指揮者の身のこなしに密かに注目していました。メインの指揮者の大友直人さんはエンジン01《ゼロワン》文化戦略会議の会員でよく知った仲でしたが、ここまでの指揮の現場を見るのは初めてでした。大友さんのしなやかな手の動きを見ていると、全身から無理なく自然に「音楽のチカラ」が伝わってくるのがよくわかりました。

(四) 打ちのめされたプライド

私は大学教員でしたので人前で話すことはプロのうちでしたし、それなりのプライドもありました。学生時代はドイツで通訳をしたこともありましたし、アメリカではUCLAなどで日本のマンガ・アニメや地名について講演したこともあります。筑波大学でも江崎玲於奈《えさきれおな》学長の発案で行った学生投票で人間学類（学部）のフレンドリーティーチャーに選ばれたこともあります。

要するに人前で話すことにはいささかの自信と自負があったのですが、そんなものはコンサートを聴いて一気に吹き飛んでしまいました。アーティストの演奏から発せられるほとばしるようなエネルギーとパワーに比べれば、私の行ってきた講演など足元にも及ばない。まるで異次元の世界を見せつけられた思いでした。この違いはどこから生まれてくるのだろう。

（五）「利他の精神に溢れたコンサート」

サントリーホール1階隅の車椅子席でコンサートを聴きながら、私はその問いに答える言葉を探していました。でも見つかりませんでした。

コンサートが終わった翌日、同行した知人の藤波亜由子さんからメールが入りました。そこにはこう書かれていました。

「利他の精神に溢れた素晴らしいコンサートでした」

素晴らしい表現力！「利他の精神」という言葉で私の問いの答えが見えてきました。

無言のままバケツの中に1万円札を入れてくれた来場者の顔を思い浮かべました。今思い起こすとバケツ募金隊に寄ってくださった皆さんの表情にはある共通点があったことに気づきました。それを言葉で表現することは難しいのですが、「震災から1日も早く立ち直って元気を取り戻してほしい」という思い・祈りとも言うべきものでした。言い換えれば「利他の精神」です。

「利他」とは他人《ひと》のために力を尽くすことです。来場者の表情には例外なくこの「利他の精神（思い・心）」がにじんでいました。この利他の思いはアーティストを含めた千数百人のコンサート関係者・参加者に共有されていたはずです。こう考えてきて私の問いはようやく解けました。

あのチャリティコンサートでは、舞台上で演ずるアーティストと私たち聴衆の間には「壁」がなかったのです。さらに聴衆一人ひとりの間にも「壁」はありませんでした。だから舞台からの音楽がストレートに「チカラ」となって私たちの魂を揺り動かしたのでしょう。その時サントリーホールは確かに「利他ホール」に変身したのです。

私ども大学人がやっている講演との違いも見えてきました。私どもの場合は壁だらけなのです。講演の趣旨に同調しない聴衆がいるのは当たり前ですし、その他日常的に学閥や政治閥などさまざまな壁に取り囲まれてがんじがらめに縛られているのが現実なのです。

（六）　苦しみの連帯

湯川れい子さんがチャリティコンサートの案内に「コロナ禍でも、いえ、コロナ禍だからこそ、生演奏と生の歌声に力を貰います」と書いていましたが、その言葉をお借りすれば「ＡＬＳでも、いえ、ＡＬＳだからこそ、チャリティコンサートに参加し力を貰いました」と言えるでしょう。

私は今手足は全く動かず人工呼吸器を付けているために発声もできませんが、そのような苦しみに耐えてきたからこそ言えること、言いたいこともあります。苦しさの対象と質は異なってはいても、苦しみを乗り越えかすかな光でさえも追い求めて生きようとする姿勢は同じはずです。

当日、知人・友人・関係者の皆さんに心づくしのメッセージを送りました。

> 皆様
>
> 私が言うのも変ですが——、本日のチャリティコンサートにご参加いただきありがとうございます。エンジン01文化戦略会議会員の谷川彰英です。私は5年前ＡＬＳ（筋《きん》萎《い》縮《しゅく》性《せい》側《そく》索《さく》硬《こう》化《か》症《しょう》）を発症し、現在発声もできませんので文書でメッセージを伝えさせていただきます。
>
> 3・11から12年。ＡＬＳに倒れるまで復興支援のさまざまな活動に参加してきましたが、家族や家屋を失い故郷を追われた方々のことを考えるといたたまれなくて本コンサートに参加しました。私も苦しいですがそれ以上の苦しみと闘っている皆

さんのことを考えると、「ALSごときに負けてたまるか！」という勇気が湧いてきます。

震災の記憶を風化させないために小文を書きました。演奏の合間にでもご笑覧いただければ幸いです。もとになった連載は『全国水害地名をゆく』として、関東大震災100年を迎える9月に上梓する予定です。

最後に本コンサートの歌声が3・11の被災者の皆さんのみならず、戦禍で苦しむウクライナの人々、未曽有の大地震の中で必死に生きようとしているトルコ・シリアの人々にも届くことを祈っています。

2023年3月11日

谷川彰英　地名作家・筑波大学名誉教授

今私は支援を受ける立場にあります。医師・看護師をはじめ十数名のヘルパーさんたち、さらにリハビリの専門家など数十名の関係者の皆さんによって私の命は支えられています。でも支えられて生きているだけでいいとは思いません。どんな苦境に立たされてもできることは必ずある！　そう私は信じています。

苦境に立つ私たち一人ひとりが「支えられる・支える」という関係の中で生きていける社会を実現させましょう。私の3・11チャリティコンサートのバケツ募金隊への参加はそのような思いの小さな小さなささやかなトライアルでした。

今回のチャリティコンサートは、当事者である私たちの間にも存在している「壁」を除いて「連帯」することの必要性と重要性を教えてくれました。

（七）石巻への思い

（六）で挙げたメッセージと共に当日お渡しした小文とは毎日新聞デジタルの「ソーシャルアクションラボ」に連載している「水害と地名の深～い関係」の第37回目の記事「津波から生き延びた『中瀬《なかぜ》』に建つ石ノ森萬画館の奇跡～宮城県石巻市～」（2023年1月）です。

宮城県石巻市に石ノ森章太郎萬画館がオープンしたのは2001年7月でしたが、それからちょうど10年後に3・11の津波に襲われました。記事の一部を抜粋して紹介します。

しかし、悲劇は突如訪れた。2011（平成23）年3月11日午後2時46分、東日本を巨大地震が襲った。同時刻に私は、名古屋本執筆の取材のために名古屋の徳川美術館にいたが、立っていられないほどの揺れのなか、館内のカーテンが左右に大きく揺れているのを見て、館外に逃れた。そして、ホテルに戻ってテレビをつけると、この世のものとは思えない嘘のような映像が次々と目に飛び込んできた。ただただ驚くだけで言葉を失った。

東北地方の太平洋沿いの諸都市はどこも壊滅的な被害を受けたが、中でも石巻市の被害は甚大だった。市民グループの代表だった阿部紀代子さんは「地獄でした…」と語ったのみで、あとは口をつぐんだ。「石巻での死者・行方不明者約4千人のうち、地震で亡くなったのはたった一人で、あとはすべて津波でした」とも。

悲しみのどん底に突き落とされながらも、石巻の仲間たちは懸命に復興に取り組み、2012（平成24）年11月17日、萬画館のリオープニングにこぎつけ、さらに翌2013（平成25）年3月23日に完全再開を果たした。その復活を担った一人である木村仁さんが、隣町の女川町に案内してくれ、「ここが我が家のあった場所です」とつぶやいて指さした先には、壊れた石垣以外何もなかった。その残酷さを目の当たりにして絶句した。

控えめなこの言葉のうちにどれだけの悲しみや苦しみが込められているか測り知ることができません。でもALSという難病と闘う中で少しは寄り添えるようになったように思います。3・11チャリティコンサート　ありがとう！

谷川彰英

復興なった石ノ森萬画館（宮城県石巻市）

3　130パーセントのコンサート

（一）　完璧へのこだわり

2024年のチャリティコンサートにも圧倒され続けました。この迫力はどこから来るのだろう。そう思わざるを得ない4時間でした。とにかく普通のコンサートとは趣が一味も二味も違う。3・11で被災した人々を支援しようという一心で集まった一大イベントでした。

コンサートを聴きながら圧倒されるのは、完璧に見える音楽の技量によるものです。音楽に対して素人の私にはどのアーティストのパフォーマンスも完璧、パーフェクトに見えるのです。しかし、大変失礼な言い方ですが、人間がやることですから小さなミスはあると思うのです。

コンサートを聴きながら自分の仕事を振り返っていました。私の今の仕事は本を書くことですが、どうしても完璧とまではいかず、ミスは出てしまうのです。地名本では細部の内容の誤りを指摘されることもありますが、それ以外に誤字・脱字などの校正ミスが出ることも避けることはできません。要するに人の手による作品である以上、完璧に仕上げることは困難だということです。

そんな思いで今年のコンサートを聴いたのですが、新たな発想が生まれました。それは「130パーセントのコンサート」です。

完璧とは100パーセントのことだとすると、私が人生で完璧を意識するようになったのは大学の管理職に就いてからでした。組織の長となると、毎日接するのは学生でも教員でもなく事務系職員です。事務系職員に適切な指示を与えるのが私の最重要な任務でした。

昔から私はこれぞと思うことにはベストを尽くすタイプでした。裏返せば、気が向かないことには手を出さないという割り切り人間でもありました。それでもやるべきことには全力でやり抜く姿勢をつらぬいてきました。管理職の仕事もほぼ完璧にこなしてきましたし、今生業《なりわい》にしている本の執筆でも手を抜いたことはありません。とりわけ校正段階では、一字一句ミスのないように100パーセントを期して作業を進めています。しかし、このような意識に意外な落とし穴があったことに今回のコンサートを聴きながら自分の思慮の浅さに気づかされました。

（二） 130パーセントのコンサート

アーティストたちのパフォーマンスにミスがないのだろうかと考えてしまった裏には、100パーセントという基準に呪縛された思考のしこりのようなものがあると気づいたのです。

コンサートを100パーセントの基準で見るのをやめてみたらどうか。そう考えた途端、全ての謎が解けました。世の中には100パーセント以上のものが存在する。このチャリティコンサートこそ100パーセントを超えたものだ。だから圧倒されるのだ——そう考えた時「130パーセントのコンサート」という言葉がひらめきました。

100パーセントを基準にして物を見るという習性は、学校時代からたたき込まれてきたものです。試験と言えば100点満点が当たり前。成績は常に100点にどれだけ近くまで得点できたかで測られる。換言すれば、100点に到達できなかったのはどこでミスしたからなのかと考えてしまう。私たちの多くはこのような呪縛《じゅばく》を受けてきたと言えるでしょう。

いずれにしても、音楽などの芸術の世界では100パーセントなんて基準は意味をなさないということでしょうね。

（三）『ママを殺した』!?

当日、挨拶代わりにバケツ募金隊の皆さんに最新刊の『大阪「地理・地名・地図」の謎』（じっぴコンパクト新書）を差し上げたところ、藤真利子さんから『ママを殺した』（幻冬舎）というショッキングな書名の本が送られてきました。私は次のようなお礼の手紙を送りました。また新たな交流の輪が広がりました。

ショッキングなタイトルの一書

藤真利子様

このたびは『ママを殺した』（幻冬舎）をご恵贈いただき、ありがとうございました。生の藤真利子さんにお会いできて嬉しく光栄でした。お礼が遅れたのは執筆中の『ALS　苦しみの壁を超えて——利他の心で生かされ生かす』の区切りがつかなかったからでした。申し訳ありません。

昨日一気読みしました。読み終わってしばらく感動の余り、天を仰ぐ思いでした。

今日投稿したFacebookに次のように書きました。

「3・11チャリティコンサートにバケツ募金隊の一員として参加したのですが、そこでお会いした女優の生の！　藤真利子さんから本が送られてきました。『ママを殺した』（幻冬舎）。書名もすごいが内容もすごい！　大好きなママを看取るまでの11年にわたる介護の激闘ドラマですが、私にとっては他人事でなく一気に読み終えました。生命の尊厳を考えさせられた一書。今書いている『ALS　苦しみの壁を超えて——利他の心で生かされ生かす』でも紹介します。

私が身につまされて拝読したのは、直面した状況の少なくとも3分の1は私自身体験しているからです。ああこんなこともあったな、この先こんなことも起こるだろうなと思いを巡らせて読んでいるうちに読み終わっていました。読み始めからクライマックスまで一気に読ませる力はすごいです。

最後の次のフレーズが印象に残りました。


私は、子育てをした事がないが、子育ては、大きな目標に向かって進むのだろう。

ところが、介護の目標は何か。

それは死だ。

子供のように育つものでないのなら、ママを良くしようと頑張らなければよかったのだ。現状維持に、むしろ精力を注ぐべきだったか。


「介護の目標は死だ」というのは残酷に響きますが、私たちが受け入れざるを得ない現実でもあります。私はこの1月エンジン01in市原に参加してコロナに罹患し、死ぬような苦しい体験をしました。病院のベッドの上で、どうしたら幸福に死ぬことができるかをずっと考えていました。そのことは目下執筆中の本で書く予定です。

高校時代に聞いたというシスターの言葉もすごく示唆に富んでいます。

大学受験の為に、高校を休む。高校受験の為に中学を休む。中学受験の為に小学校を休む。小学校受験の為に幼稚園を休む。だったら、死ぬ為に、生きるのをやめた方がいい。

大学受験を控えた高校生に向かって言った言葉だとのことですが、深く考えさせられる言葉です。人生も歴史も今、今、今の連続です。ALSを発症して6年の歳月が流れました。目標は「生き切る」ことです。そのためには、直面している「今」を生き抜くしかありません。

3・11チャリティコンサートを機縁に藤真利子さんにお会いできたことに感謝いたします。来年の3・11に再会することは確約しましたが、それ以上に交流させてください。

2年前に出した『夢はつながる できることは必ずある！――ALSに勝つ！』（東京書籍、2022年）を送らせていただきます。今執筆中の『ALS 苦しみの壁を超えて――利他の心で生かされ生かす』はその続編で、林真理子さんに帯を書いてもらうことになっています。

素敵なお手紙ありがとうございました。ベッドの前のパソコンの隣に飾っています。

2024年4月5日　谷川彰英

10日ほどして「藤真利子です」という返信メールが届きました。


春を通り越して、夏のような日もあり、お身体はいかがでいらっしゃいますか?

私はずーっと仕事がなくて、鬱々《うつうつ》としておりましたが、先生より御本を頂き、一気に元気になりました!!!

また、私の著書へのご感想も大変嬉しく、有難く、心より感謝申し上げます。

『夢はつながる できることは必ずある!』

突然のご病気、闘病、ご家族の支え、絶望から希望へ、、、私は、亡くなった母を重ねて、何度も胸が詰まり、何度も泣いてしまいました、、、
言葉にする事も大変な作業ですが、そこへ行き着くまでの、先生の気力、体力はいかばかりかと、想像を絶します。

聡明な奥様と息子さん達ご家族のお力も、並大抵のものではないでしょう。私は、11年間の介護で、ヘルパーの資格はありませんが、介護はプロ級です。もし、私にもお役に立てる事等ございましたら、是非お手伝いさせて下さい！

先生の御本から、本当に勇気を頂きました。昨日、慶應病院の待合室で読み終わり、涙を拭いて「よし！頑張るゾ！」と思った直後、仕事の依頼が来ていました！

偶然ではないと思います。

先生が私にお仕事を下さったのだと思います。

私は、元気になり、病院から母と父の眠る四谷のお墓へ参りました！

ありがとうございました！！！

（4月17日）

私の本を読んで「よし！頑張るゾ！」と思ってくれた藤真利子さん！　本当に本当にありがとう。涙が出るほど嬉しいです。私は返信で「私の本を読んで涙を流してくださったとのこと、とても嬉しく思います。このような方が1人でも2人でも出てくれることだけを祈っています。3・11チャリティコンサートのバケツ募金隊に参加した段階で意識の共有があったのだと思います」と書きました。

それにしても不思議な縁です。藤真利子さんは林真理子先生の紹介でバケツ募金隊に参加されたとのこと。その林真理子先生には2年前に往復900キロの距離を超えてエンジン01in岐阜に駆け付けたのを機縁にさまざまな支援をいただいています。

このような人の輪が少しずつ広がっていくことを何よりも願っています。

第7章

「生かせ　いのち！」

1　利他の心に満ちた講座

（一）　見えてきた一条の光

これまで語ってきたことは、２０２２年から２０２４年にかけて経験した実話です。時には命の危険にさらされることもありました。時には兄弟姉妹家族、友人知人たちとの再会に涙を流したこともあります。そして紛れもない事実はＡＬＳ発症後６年以上生きてこられたことです。

このことは個人的にはささやかな奇跡だと思っています。その背景には妻をはじめとする家族の支え、担当医をはじめとした医療スタッフ、ヘルパーさんをはじめとする介護スタッフの皆さんの支えがありました。そのどなたか１人でも欠いたら私の命は存続できませんでした。

日々の格闘の中で生まれた感謝の心は、さまざまな苦しむ人々の支えになりたいという「利他の心」に昇華していきました。これまでの語りの中で、その一条の光の道筋を感じ取っていただけたのではないかと思います。

ここで再び第1章「ＡＬＳ　それでも人はなぜ生きる⁉」の講座の教室へ、舞台を移すことにしましょう。

(二) 下村満子さんと泣いた

この講座の発起人である私が、講師としてどうしても登壇いただきたかったのは元朝日新聞記者で、ニューヨーク特派員や『朝日ジャーナル』の編集長なども務めたジャーナリストの下村満子さんです。そして後ほど紹介するシンガーソングライターの白井貴子さんが加わってくれました。ナビは長年の畏友《いゆう》村上典吏子さん（映画プロデューサー）にお願いしました。

下村先生は東日本大震災の発生した２０１１年に「下村満子の生き方塾」を立ち上げ、これまで数え切れないほど多くの塾生を育てられてこられました。私も趣旨に賛同して初期の何年かは副塾長を務めました。

下村先生との出会いは、十数年前のオープンカレッジの講座でした。テーマは教育に関するものでしたが、その席である会員が「自分はエリート養成のための幼稚園の経営に携わっている」という趣旨の発言を得意げにしたことがありました。私は教育学者として「何てバカなことを言ってるんだ」と思ったのですが、すかさず「それはおかしい」と発言されたのが下村先生でした。

その夜の会員だけのエンジンＢａｒで話を交わした時、初めて「下村満子の生き方塾」を立ち上げるという構想を聞き、その後活動を共にしました。

下村先生も感じられていると思いますが、私は先生の生き方に2つの点で共鳴してきました。1つは、人を分け隔てなく迎えるという人間観でした。学歴や職歴に関係なく「人間として今を精一杯生きよう」とする人なら誰でも、という姿勢に深く共鳴しました。

もう1つは、それぞれの人が自らの力で生きて行こうとする姿勢を大切にしていることです。「自力の思想」とでも呼ぶべきものです。先生は幼少の頃から座禅をされてきたとのことで、禅寺で生まれ育った私と「禅で生きる」点で共通しているように思います。

当日、下村先生は私の「生きる！」宣言を受けて涙ながらに、生と死について語ってくれました。それを聞いて私は涙を抑え切れず、ボロボロに泣いてしまいました。公衆の面前で涙を流したのは生まれて初めてのことでしたが、私には取り繕うものは全くありませんでした。用意した原稿の要所要所をナビの村上典吏子さんが読み上げてくれたのですが、それまでの苦しく辛かった思いが込み上げてきて、ただ涙を流すしかありませんでした。

隣に座っていた白井さんが何度も私の顔の涙をぬぐってくれました。きっと白井さんの目も涙で潤んでいたに違いありません。会場には目頭をぬぐいながら話を聴いてくれる人の姿も多く見られました。

教室が狭かったことが残念！

2 「生かせ　いのち！」

（一）白井貴子『ありがとうＭａｍａ』

白井貴子さんは「ロックの女王」と謳われたシンガーソングライターです。今までコラボしたことはなかったのですが、今回の講座のタイトルを見て手を挙げてくれました。嬉しいです。白井さんは2年前にご両親と叔母さんを相次いで亡くされ、その介護の記録を昨年『ありがとうＭａｍａ』（カラーフィールド出版、２０２３年）という本にまとめられました。白井さんらしい率直な表現の中に珠玉の言葉が散りばめられています。

そして、叔母さんはＡＬＳで亡くされたとのことです。そんな経験で感じたこと、思ったことをもとに講座で語ってもらえたら嬉しいと思いました。

『ありがとうＭａｍａ』を送っていただき、白井さんとは事前に交流していました。その本では多くの共鳴する言葉に接することができました。私は読後感を長い手紙に託して送ったのですが、その一部を紹介します。

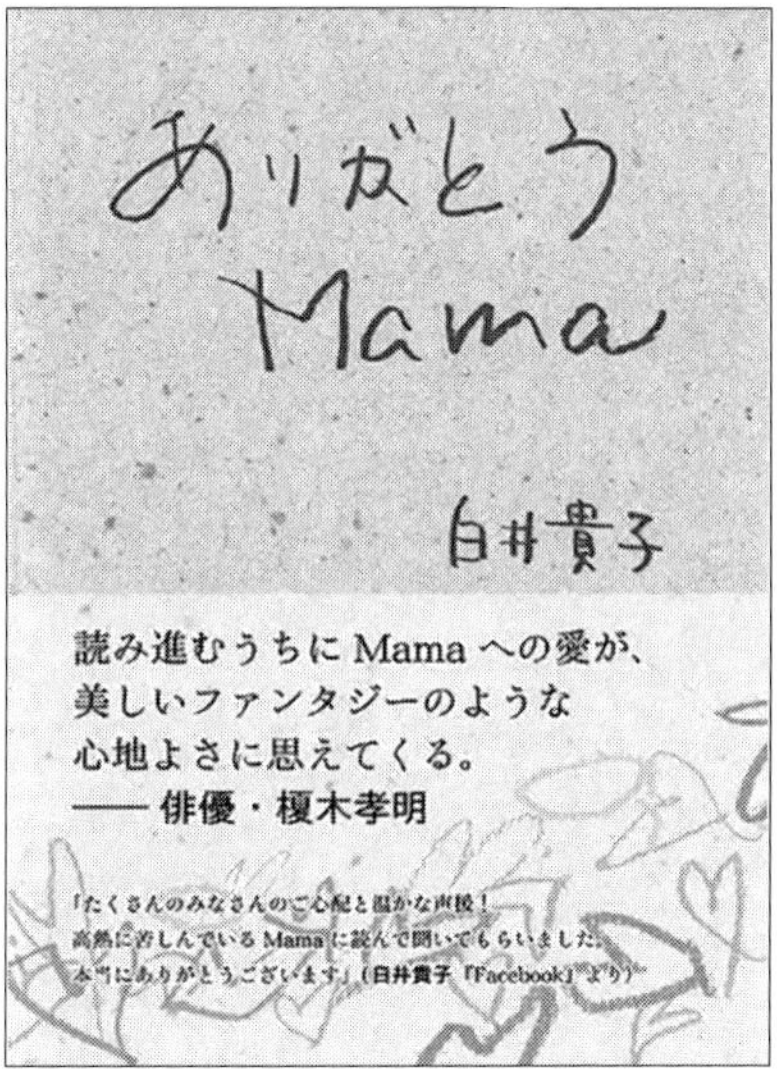
ありがとう
Mama
白井貴子
読み進むうちにMamaへの愛が、美しいファンタジーのような心地よさに思えてくる。
―― 俳優・榎木孝明

多くを考えさせられた白井貴子さんの本

白井貴子さん

『ありがとうＭａｍａ』読了しました。読み終わって心に残ったのは言葉では言い尽くせない一種の「幸せ」感でした。月並みな「幸福」感ではなく、リアルで、１回しか体験できないけどずーっと心に浸みわたって残る、そんな「幸せ」感でした。

そのことを白井さんは「悲しいだけの『さよなら』ではないんだ」と言い切っています。まさにその通りだと私も思います。私も20年前に母を送りました。郷里は長野県松本市で離れていて、介護は兄夫婦に任せきりで何もできなかったのですが、最期の日は共に過ごしました。それは「幸せ」なひと時でした。

母は96歳で亡くなりましたので、天寿を全うしたと言っていいでしょう。自分を生み育ててくれた母、そんな母が大好きでした。大好きな母と別れるのは辛い。

私は前著『夢はつながる できることは必ずある！——ＡＬＳに勝つ！』（東京書籍、２０２２年）の冒頭で、五つの「命」について書きました。「宿命」「生命」「使命」「運命」「寿命」ですが、最後の「寿命」は命が尽きることを意味しています。この世の生きとし生ける全てのものに「寿命」がある。永遠に生き続けることはできない。誰もいつかＸ・ＤＡＹを迎える。それは人間に限らず、全ての生物に与えられた「宿命」なんですね。

その時の思いを胸に思い浮かべながら、本を読ませてもらいました。共鳴した箇所、考えさせられた言葉についてコメントを添えました。お読みください。

○25ページ

わたしたちは毎日の生活を「ONタイム、OFFタイム」なんて言いますが、それは違う。

両親の姿が一気に消えてしまってはじめて、「人生という命の舞台はいつもONだったんだ!」、「生きる」こと自体が強烈なリアルなんだ。

⇩ALSを宣告されて同じ思いで生きてきました。「人生という命の舞台はいつもONだったんだ」という言葉に深い共鳴を覚えました。「生きる」こと自体が強烈なリアルなんだ。――これはまさに私の闘病から得た知恵そのものです。

○30ページ

悲しみだけの「さよなら」ではないんだ。

⇩これは名言ですね。「悲しみ」だけの「さよなら」でないとしたら、他に何があるかと考えてみました。思い浮かんだのは「感謝」と「決意」の2つの言葉でした。

幼い頃、母はよく冗談交じりに「五体満足に産んでもらってありがたく思え」と言っていました。私の強健な身体と精神は紛れもなく父と母から授かったものです。自分の命そのものが父母の愛しみの心から生まれたことを考えると、それだけで「ありがとうございました」と素直に思います。

両親が亡くなったことによって、さらに独り立ちして強い意志を持って生きなければという思いが募りました。それが「決意」です。

○101ページ

「命よ輝け！」

新たなるゲートは
まだ見ぬこの星の楽園
競い合おう！　幸せ
命よ輝け！

⇩「競い合おう！　幸せ／命よ輝け！」――心の琴線にビーンと響きました。「競い合おう！　幸せ」なんてフレーズはそう簡単に出てくるものではない。さすがシンガーソングライター！

「命よ輝け！」――難病と闘いながらも、少しは人々に生きる勇気と元気を届けるために輝きたいと思います。

○123ページ
「海」
海鳥　空に浮かんで　生きている地球に手を伸ばす
浜辺で遊ぶ子どもたち　お母さんが呼んでる
どうして　大好きなのに　いつかは　離れるの
……？　……？

この海の浜辺で
⇩切ないですね。辛いですね。でも、これは誰も避けて通ることができない現実、宿命です。だから、命が輝いている間に一杯の「幸せ」を共有しておくことが大切です。共有できた幸せを胸の奥まで深く深く吸い込むことによって、命の灯はつながっていきます。

○132ページ
そんな季節は終わり、二人のすさまじい「命の

ありし日のお母さんと

エネルギー」にしばし「夢」のようで放心状態なときもありましたが、それでも母を看取ったとき、「生き切る!」ということの感動を与えてくれた尊い体験。

⇩「生き切る」ことができた人が一番幸せだと思います。私はALSを宣告されてしばらくの間、生死の淵をさまよっていました。しかし、その後「生きる!」を選択しました。自分で命を絶つことも嘱託殺人を依頼することもできないとしたら、生きるしかないと覚悟を決めました。

生きるということは、前を見て歩くこと、そして何かをし続けること。そう思いました。それは自分自身に下した「生き切る!」の宣言でした。「生き切る!」とは「命ある限り何かをし続ける」ことです。

谷川彰英

2023年9月16日

（二）「生き切る」ということ

数日後、白井さんからお礼のメールが届きました。

どれだけ谷川さんのお役に立てるのか本当に心配でしたが、「幸せな気持ち」を感じていただき喜んでいただき感謝感激です。一文字、一文字、確認し伝える作業も人間の「特技」だったんですね。その困難にも立ち向かっている谷川さん！　凄いです！

「根気」とはまさにこのこと。言葉を紡ぐ作業、日々、心くじけそうになる瞬間も多いかと思いますが、そんな状況を感じさせない力強い谷川さんの言葉、感想をいただき、光栄な思いです。

谷川さんのお母様の言葉も力強いですね！　お母様が言われているとおり、ご両親の粘り強さを谷川さんも受け継がれているからこそ今の状況も打破し執筆活動を続けられているのだと思いました。これからも沢山のＡＬＳと闘っている人の声を代表で届けていただけると嬉しいです。

『ありがとうＭａｍａ』の沢山の箇所に共鳴していただき心救われる思いです。

白井さんの著書には珠玉の言葉が散りばめられています。中でも惹きつけられたのは「生き切る」という言葉でした。寿命が尽きるまで命ある限り精一杯生きることを示唆した言葉ですが、これには大いに考えさせられました。

人生には局面によってさまざまなステージがあると思うのです。そして光の当て方によってそのステージごとに「生きる目的」は異なってくると思います。私の場合は第1のステージは教育学者、第2のステージは大学の管理運営者、そして第3のステージは地名作家として生きてきました。

私の人生はこの第3のステージで終わるものと思っていました。ところが運命は第4ステージの扉を開いてくれたようです。ＡＬＳ患者の顔です。この第4のステージを完成させた時、私は「生き切った」と言えるのだと思います。

(三) Y君からの色紙

「生かせ　いのち」の色紙は最後まで出すかどうか迷ったのですが、講座につながる力強いメッセージとなりましたし、出してよかったと思います。Y君とは中学校時代の同級生で静岡県在住の矢崎直典君のことです。矢崎君は私がＡＬＳを宣告されてから1日も欠かさず近くのお地蔵さんに私の病気の平癒を祈ってくれているそうです。なかなかできることではありません。色紙は矢崎君が書道の先生に頼んで、私のために書いてもらったものだとか。感謝あるのみです。

（四）「生かせ いのち！」

講座の参加者の声を紹介します。千葉大学時代の教え子の小西玲子さんから講座当日の深夜届いたメールです。

「生かせ いのち」で締めた

4コマ目の「ALS それでも人はなぜ生きる⁉」は「生死」について深く考えさせられる講座だったと思います。T2《ティーツー》倶楽部の書面のお陰で事前に予習できていたので、村上さんの要約にもついていけましたし、改めて、「人間は人間を幸福にできる！きっと」「絶望さえしなければ夢はつながる」「人間万事塞翁が馬」（こう言い切れてしまう先生は本当にすご過ぎます！）などの谷川先生の言葉が心に沁みました。

ゲスト？　の谷川先生と心の奥底でつながっていると言っていた下村さんの言葉には、胸に刺さるものが多かったです。

今の人たちは「今だけ、金だけ、自分だけ」になってしまっている……（あ、自分だ！）と思いました。その上で「私たちは誰しも死に向かって歩いている」だから、「生き切る」ことが大切という言葉、そして、谷川先生が自ら率先して「生き切る」姿を私たちに見せてくれていると本当に思いました。


極め付けはY君から送られた言葉の「生かせ　いのち」のメッセージです。今日はこの言葉が私の宝物になりました。

まだまだ未熟な私は「生き切れて」いませんが、何か自分が生きていく上で、自分の命を役立てることができたら、（それは人のため、もありますが、自分の存在意義のためにも）と考えることができました。

3　下村満子さんからのその後

下村満子さんからメールが入ったのは、エンジン01《ゼロワン》in市原の講座からちょうど4か月たった5月27日のことでした。

谷川彰英先生

大変ご無沙汰しております。1月に市原で開催されたエンジンでお会いし、ご一緒にパネルをさせていただき、大変感動したこと、今でも時々思い出しております。

その後、お元気でお過ごしなのかなあと思っておりますが、私も歳を重ねるごとに残念ながら体力が衰え、色々と体調不良をきたし、入院ではないのですが、とても調子の悪い状態が続いたりしており、ちょっと気弱になったりしておりました。

その時に、谷川先生のことを思い出し、こんな程度でくたばっているようじゃ情けないと自分を励ましているところです。私も先生の生き方に大変励まされております！ところで、あの時の先生のお書きになった文章や、お話しになったことなどは明確に覚えており、もちろん原稿も手元にありますが、その後また新しい本を書くというようなことをおっしゃっていましたが、今ご執筆中ですか？

あの時、一番印象に残ったことは、先生自身がＡＬＳの病に苦しんでいるにも関わらず、子どもたちや、中学生高校生といった若い人たちを励ましていらっしゃるということでした。確か学校に呼ばれてお話をしにいらしたということでしたし、本を読んだ感想などを書き送ってきた子どもたちへの返信など、そうした子どもたちとのやり取りが生きがいになっているとおっしゃっていたように思います。それは私は大変素晴らしいことだと思いました。

その後もそのようなことは続いているのでしょうか？　ちょっと最近の先生のご活動や、思いや、そうしたことを知りたいなという気持ちでこのメールを送る次第です。

嬉しいメールでした。講座が終わって数か月も経っているにもかかわらず「その後」を尋ねてくださる。さすが生き方塾を主宰されている下村満子先生ですね。本書の記述全部がその回答になっています。

先生は眼が不自由で、メールも先生が口述されたものを秘書さんが打っているとのことです。先生とは禅の思想で通じていると考えていますが、どんな苦境に立たされてもめげずに塾生に訴える姿には胸を打たれます。私も一歩近づけたように感じています。

２０２４年1月の講座の時点では学校から呼ばれるというケースはなかったのですが、その後チャンスが次々と訪れることになりました。まず飛び込んできたのは母校の松本深志高校の文化祭（「とんぼ祭」と言います）の記念講演を頼まれ9月に松本に帰郷することになりました。何と60年前に卒業した母校での講演です。現役の高校生たちが私の生き方をどう受け止めてくれるか、今から楽しみです。

この母校訪問をきっかけにしてもう1つ楽しみな企画が実現することになりました。母校での講演は9月26日ですが、その前日帰郷する際に甲府市にある山梨英和中学校・高等学校に立ち寄ることになったのです。交流が始まった２０２２年には生徒たちは中2でしたから、今は高1に成長しています。

以上の学校訪問の話は後日談ですが、先生のメールへの返信として私は「コラボさせていただいた講座のことは1日たりとも忘れたことはありません。天に感謝したい思いです」と書きました。するとと次のようなメールが入りました。

先生の書いていらっしゃる本のタイトル、素晴らしいです！　まさに、私が生き方塾でやりたいと思っていたテーマであり、私が人生の中で追求してきたテーマであります。

やはり、先日のパネルで最後に申し上げたこと、覚えておられるかどうか分かりませんが、先生がＡＬＳになられたのは、神様がそうした先生の経験を通して、この様に深いテーマについて深く悟り、それを世の中に発信する役割を神様が先生に託したと言いましたが、私は今回更にそれを確信しました。

下村満子先生との出会いにも運命的なものを感じます。

終章

どんな難病でも私たちは諦めない！

――さかもと未明さんとの対談SP

（一）人生って出会いの喜び！

谷川：お久しぶりです。本日はご多用のところ対談にご協力いただき、ありがとうございます。末明さんとはいつかコラボしたいと以前から考えていましたので、本当に嬉しいです。

末明：私もです、ありがとうございます！

谷川：末明さんと親しく交流させていただくようになったのは、私がＡＬＳに罹患《りかん》したことを公表してからしばらくしてのことでした。末明さんご自身が膠原《こうげん》病という難病と闘ってきたことを著書や新聞記事などを添えてお知らせいただいたことを、つい昨日のように思い起こします。

それ以来、難病を抱えながら歌手として、マンガ家・画家として活躍する姿を見ていて「すごいな！」と思うと同時に、難病と闘う「同志」意識が育まれてきました。

末明：私こそ先生にどれだけ勇気づけられたか。私も一時期はお箸も持てませんでしたが、先生はさらに動かない体の中で執筆を続けられて。しかも地名の本などいただいて拝読すると、根本的に著書が明るく、希望や生きる喜び、知ることの喜びに満ちている。その先生のパワーに私も勇気づけられて頑張ってこられたんです。

谷川：そう言っていただけると嬉しいです。今度『ALS　苦しみの壁を超えて――利他の心で生かされ生かす』を上梓するにあたって、本の最後はさかもと未明さんとの対談で締めようと勝手に決めていました。まだ本ができていないのに感想を聞くというのもおかしな話ですが、この奇想天外な発想をマンガ家のさかもと未明さんなら理解してくれると思い、ゲラを送らせてもらいました。

早速ですが、読んでみての率直な感想をお聞かせください。

未明：「エンジン01《ゼロワン》に入っていてよかった!!」と思いました。先生に会えたのは、エンジンのおかげです。そして、先生もエンジンのオープンカレッジや会合を本当に楽しんでいらっしゃるんだなと、それが読んでいてビシビシ伝わるので、すごく生きとしいろんな場面が思い出されて良かったです。人生って、つまりは出会いの喜びですよね!!

谷川：「人生って、つまりは出会いの喜び！」というのは素敵な言葉ですね。私はエンジン01ではノンフィクション作家ということになっていますが、もとはと言えば教育学者で大学の一教授に過ぎなかったんです。ひょんなことから矢口高雄先生と交流することになり、それが機縁となってちばてつや先生や里中満智子先生などのマンガ家の皆さんとのお付き合いが始まりました。

エンジン01の会員になるには会員2名の推薦が必要になるのですが、私を推薦してくれたのはちば先生と里中先生だったらしいですよ、後で聞いた話では。今は地名の谷川というイメージがすっかり定着していますが、当初はマンガ文化の応援団長と思われていました。だから未明さんが入って来た時も、また1人仲間が増えたなと。


未明：そうだったんですね。嬉しいです。マンガ家は、とにかく出かけられない仕事なんです。相当親しい友人や先輩後輩とも、年に1回会うか会わないか。でも、互いに頑張っていることを知っているし、作品も常に読んでいるから、分かり合えるんです。

私は先生ほど大変ではないですが難病があるので、人にはわからなくても階段か、気温、日光、疲労、いろんなものを避けるためにじっと戦ってるんです。先生もそうだと思うんですが、毎秒ごとの「静かな戦争」なの（笑）。

だから、実際には先生とはお元気だった時に数回、発症されてからはたぶんご本とお手紙、メールのやりとりでしか会っていません。でも「わかります！ 同じです！」といつも頷いていていて、同志だと私も思っています。いつの間にか勝手に、

「先生の親戚の子」くらいの気持ちでいます。

教頭を辞めるつもりだったけれど、辞めないで頑張っていらっしゃる山口小百合先生も、それから視力を失われた下村満子さんも、同じ気持ちだと思うんです。それぞれに1人で戦うしかなくても、「誰かが自分の辛さをわかってくれている。もっと頑張っている人がいる」と思うだけで生きられる。

この本にはそういうエールがたくさんあって、元気になれるし、そして泣けてきます。『野菊の墓』のくだりも切なかった。ただ、民子さんに愛されていないのに知らずに面倒見ていたご主人も可哀相で……。

谷川：「静かな戦争」か……、うまいですね。さすがマンガ家さん！　発声できない私からすると「無言の戦争」かな。

民子のご主人のことを「可哀相」と感じるのも、家族の苦難を乗り越えてきた未明さんらしいです。

未明：最も印象的だったことの1つは、アイコンタクトで文字を起こしていく方法です。瞼の動きで読み取ると聞いてはいましたが、あんなふうに1文字ずつとは知らなくて。マンガも大変ですけど、想像を絶する忍耐力です。昔の人がお墓や石碑に手で文字を刻んだ以上に大変だと思いました。だからこそ無意味なことは書けない。

1文字1文字を無駄にしたくないですよね。ゆえに谷川先生の本の言葉は、「伝わる」んだと思います。

谷川：おっしゃる通り、Wアイクロストークは想像を絶する苦行です。「その本を取って」と口で言えば数秒で済むところ、Wアイクロストークでは数分かかることもあります。意思が通じない時はそれこそ涙が出るほど悲しいです。

そんな苦しみを超えて本を出し続けることができたのは妻をはじめ、医療スタッフ・介護スタッフの皆さんのお陰です。有森裕子さんの言葉を借りれば「自分で自分をほめたい」と思うこともあります。そう思わないとやってられませんね。

（二）「利他の心で生かされ生かす」

谷川：ところで、本のタイトルに共感されたとのことですが……。

末明：はい、タイトルにまず共感しました。「利他の心で生かされ生かす」という言葉です。「利他」なんていうと一見きれいごとのようですし、私も若い頃は自分がそんなことを考えるとは想像もしませんでした。普通に自分のために生きていましたし、自分の夢を叶えるのに必死で。自己実現の意味では全力で頑張っていました。

だから「あなたは治らない病気を発症しました。しかもかなり悪くなるまで放っておいたので、投薬治療をしても余命は5年くらい。よくて寝たきり、最悪は命が尽きるので人生設計を立て直してください」と言われた時は、文字通り目の前が暗くなりました。

しばらくは泣いて暮らしましたが、本当に体が動かなくなった時、「入院するより貯金をはたいて好きなホテルで暮らしたい」と、都内の庭の綺麗なホテルに移りました。美しい庭を眺めながらそれまでの人生を振りかえると、涙が止まらなくて。「生き方が間違っていたのかな、辛くあたられた親やいじめられた友達を見返したくて、何とか有名になりたいと思ってきたことへの、罰が当たったのかな。でも、こんな気持ちのままで最期を迎えるのは嫌だ」と思いました。

あと数年しか生きられず、不自由な身体でできることは限られている。下手をしたら明日死ぬかもしれない。その時後悔しないためには、どうしたらいいんだろう……。何かを目標にしても、叶えられない時また辛くなるだろう。いろいろ考えて、結局は自分が楽になりたかったからですが、思い至りました。『できなかったことを悔いるより、今まで生きてこられたこと。その間に出会った人や出来事に感謝したい』と」

するといろんなことが別の角度から見えてきたんです。マンガ家志望でもデビューできないままの人もいる中、自分はデビューでき、ほめられたこともあるし、本も出してテレビにも出た。いろんな人が助けてくれて幸せをたくさんいただいたよね、と。そしてやっと考え直せたんです。

「残された命と時間は、今まで受けた恩への恩返しに使いたい。少しでも誰かの役に立てるように志を立てて、道半ばで終わっても後悔がないよう、毎日を素直な気持ちで感謝して生きよう」

そうするとすっと楽になったんです。ああ、これが本当に生きる道なんだと。誰かに勝つことや、人より成功することなんかが人生の目的ではないと、やっとわかったんですね。

谷川：死ぬかもしれないという状況から、人のために尽くそうと思いを転換することは、実は容易なことではありません。本書のタイトルは編集者と相談して決めたのですが、「利他の心で生かされ生かす」というサブタイトルは編集者からの提案によるものでした。著者よりも編集者の方が物の本質を見抜いている。

私は未明さんと同じで、がむしゃらに仕事をするタイプでした。意識の上では「世のため人のため」に働いてきたのですが、「利他」という意識は全くありませんでした。「利他」という言葉を意識するようになったのは、昨年（2023年）の3・11チャリティコンサートにバケツ募金隊として参加してからですが、私の場合は恩返しというよりも、人に支えられているだけではだめでもっと苦しんでいる皆さんを支えねばという意識の方が強かったですね。

誰かに勝つことや、人より成功することなんかが人生の目的ではないなんて、大拍手です。お互いに難病と闘うことによって、一皮むけて成長したのだと思いますよ。

未明：そうですね。確かにちょっと成長したかもしれません。明日死ぬかもと意識した人間が一番求めるものは、優しさです。愛です。お金なんかいくらあっても慰めにはなりません。成功や名誉もすぐに忘れられるし、自分を救ってはくれません。そのことがわかって良かったと楽になった時、「残された時間を、誰かに優しくできたらいい。人のために生きたいな。それだけでいいんだ、長さじゃない」と、やっと思えたんです。

まさに谷川先生がおっしゃるように「利他の心で生かされ生かす」という気持ちでした。人のことを思った時、初めて自分が救われ、生かされているとわかりました。だから人のために生きたい。そう思った時、変わった私に気づいてくれた多くの方が、手を差し伸べてくれました。世界が開けたんです。
谷川：すごいなあ。未明さんの方がずっと私より先を行っている。私の場合は死を宣告されてしばらく生死の間をさまよっていたのですが、どうしても死ぬという正当性（?）が見つからず、結果的に「生きる！」を選択したわけです。私には生と死とは二律背反そのものに思えて、死ねないなら生きるしかないと考えたんです。
さらに生きるとはどういうこと?と考えて到達した結論は、「何かをし続けること」でした。そこで今の状態で何をし続けることができるかと考えたのですが、得た結論は「本なら書ける！」でした。すでに手足は動かず人工呼吸器を付けていたために発声もできませんでしたが、腕にわずかに残る力でパソコンには向かえたのです。
未明：そこで最初に書かれたのが『ALSを生きる　いつでも夢を追いかけていた』（東京書籍、2020年）なんですね。
谷川：そうです。でもこの本はタイトルを見てわかるように、ひょっとしたら自分の最後の遺著になるかもしれないという思いで書いたので、利他どころか、過酷な運命にさらされる中で自分がどう生きるかを考えるかで精一杯でした。その意味では利己の本だったように思います（笑）。

しかし、その後地名本を出したり、全国の仲間向けに隔月に発行しているT2通《ティーツー》信で私の生き方を伝えたりしたところ、意外な反響が起こってきました。私の生き方から勇気や元気をもらったという人が次々と現れたのです。

これは全く予期せぬ展開でした。私はALSを宣告されて多くの人から見放されて1人寂しく死んでゆくものと思っていました。ところが実際は逆で、人脈はぐんぐん広がり旧交も深まっていきました。おそらくそれは苦しみや辛さを包み隠さず吐露《とろ》したからだと思います。

本書でも述べましたが、私は小さい頃からどちらかと言えば強い人間でした。決して弱音を吐かず人前で涙を流したこともありません。そんな人間が公開講座ではボロボロ泣いてしまったのですから、参加者はびっくりしたと思います。それだけ弱さを人前にさらけ出せる人間に生まれ変わったのだと思います。

末明：男の人が人前で泣けるなんて、本当に素敵です。それだけ素直な姿を見せられた参加者の皆さんは、どれだけ心打たれたことか！

（三）膠原病とは？

谷川：ところで話は変わりますが、膠原病ってどんな病気なんですか。

末明：膠原病は、私も発病するまで知らなかったのですが、リウマチ系に属する免疫の病気です。体にはコラーゲン（膠原繊維）というたんぱく質がたくさんあるのは、皆さんご存じかと思いますが、体のあらゆる部分でそのたんぱく質が変質していくんです。自分の免疫が暴走して、自分の身体を攻撃して壊していく。内臓や肺まで症状が進むと、呼吸不全や腎不全で命を落とすこともあり、数十年前は予後《よご》の悪い病気でした。ただ、私は特に重い因子を持っているので重くなりましたが、大抵の膠原病の方は、現在はステロイドの服用で症状を抑えて緩解《かんかい》（完治ではないが、一時的に症状が良くなったり治まったりすること）まで持っていくことができます。私の場合は発見が遅れたので、こんなに悪化したんですね。

私は最初「不明熱」と言われる、原因のわからない高熱がよく出るようになり、世界を冷蔵庫のように寒く感じるようになりました。また、ちょっと動くと疲労感がすごいんです。昔のように歩けないのですぐタクシーに乗りたがり、みんなに「怠けている」とか「贅沢」と言われましたが、辛くて。また、エアコンの風にあたると声が出なくなり、最初は耳鼻科を受診していたんです。実はその時も「大きな病気がありそうだから、次回検査しましょう」と言われましたが、忙しくて放っておいて。

ある日、床に落とした鉛筆を拾うために床に膝を着いたら、数十本の針で突き刺されたような痛みで飛び上がり、床でのたうち回りました。そして床に落ちた鉛筆を拾って立ち上がろうとした時、床に手を着けないほど自分の指が曲がって手首も動かないことに気づきました。それでやっと病院に行き、指がソーセージのように腫れていることや、指先の血流が悪くて土色に変わっていることから、医師が「膠原病」と気づいて診断に至ったんです。

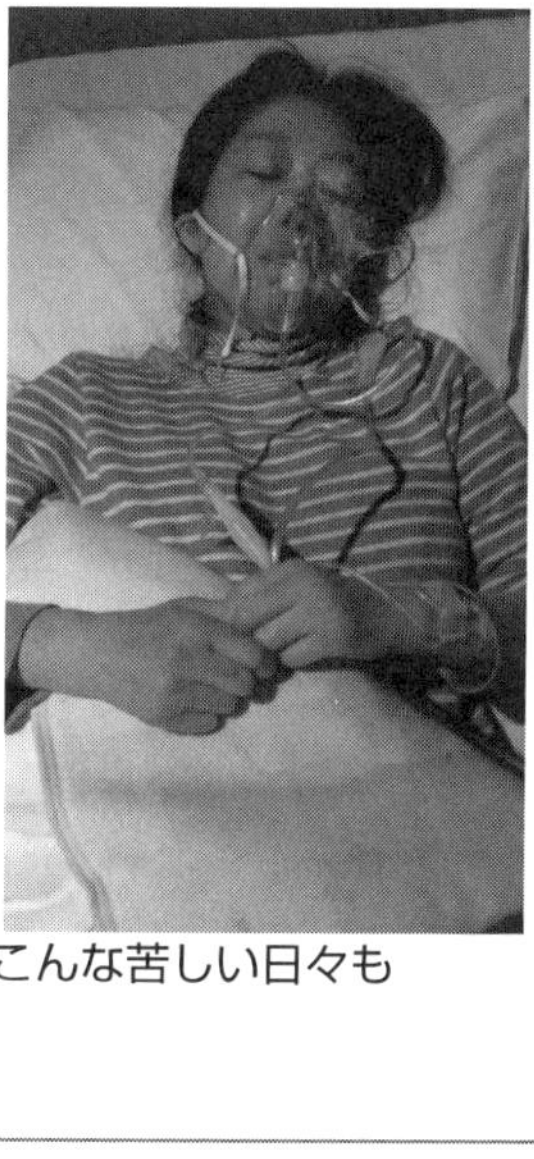
こんな苦しい日々も

私はそういう指の変化は単に加齢だと思って放っていました。実際見つかりにくく、誤診されて悪化することも多いようです。

谷川：鉛筆を拾った時の情景は想像を絶しますね。ALSの場合は痛みで苦しむことは副次的で、メインは呼吸困難によるものですが、呼吸困難に陥った時の苦しさはこのまま死ぬんじゃないかと思ってしまうほどの恐怖です。

一般に難病と言ってもさまざまでしょうが、ALSの場合は10万人に1人か2人の確率でしか罹らないと言われています。膠原病の場合はいかがですか。

末明：10万人に5人くらいの難病ということですが、見つからないでいる人を含めると、もう少し多い気がします。私も最初は、「高原の病気？　自分は登山とかしませんが」と質問するほど無知でした。

谷川：笑える話ですね。そんな大変な難病を抱えながら歌手として画家として大活躍ですが、ここに至るまでの体験を聞かせてください。

末明：私はこの本のタイトルにあるように、「残りの命と時間を、誰かの役にたつように使いたい」という意識の改革によって、力をいただいたと思います。これは限界まで行かないとなかなか自覚できないんですが、人間、自分のためよりも、誰かのための方が力を出せるんですよ、本当に。偽善でもいい子ぶっているのでもなく（笑）。例えば母親は子どもが地震でつぶれた柱の下にいたら、普段できないような力で柱を動かそうとすると思いますし、実際にできたりするんじゃないでしょうか。いわゆる「火事場の馬鹿力」ですよね。

私は、気持ちが変わってからいつも、「神様、どうぞ私に少しだけ時間と力をください。もし私の志が間違っていなければ、それを成し遂げるまでの寿命をお授けください」と祈っていました。命が短いと思った時に立てた目標は、「お世話になっている拉致被害者家族の横田滋さん・早紀江さんに何か恩返しがしたい。めぐみさんが帰ってくるように祈る歌を作って、世界に向けて発信したい」でした。その時は水の入ったコップを持ち上げることもできなかったので、歌しかできることが思いつかなかったんですね。でも、私が歌詞を作ると、友人のピアニストの遠藤征志さんが曲を作ってくれました。更に世界に届けたいと考えていると、バチカンでの震災復興コンサートのプロデューサーの榛葉昌寛さんに出会い、何とバチカンの大聖堂でオーケストラで歌っていいと言われたんです。その上、ありがたいことに三枝成彰先生がオーケストラの譜面を書いてくださって。ロッシー

バチカンで歌った歓び！　撮影・薮田翔一

ニ歌劇場専属管弦楽団の演奏で、2018年には聖マリア・マッジョーレ大聖堂、2024年には聖パオロ大聖堂で歌わせていただけました。「これでいつでも死ねる」と思うくらい、大きな体験でした。

(四) 拉致問題に関わって

谷川：ALSで一歩も外出しにくい私からすると信じられない話ですね。拉致被害者のため世界に発信しようとして歌を作ったなんて、素晴らしいです。

横田さんご夫妻の仲人で結婚されたと伺いましたが、拉致問題にどのように関わってこられたのですか。

末明：2002年の小泉純一郎首相訪朝の前、2000年の衆議院選挙の時に、取材をかねて大阪、堺市の西村真悟氏の応援に行き、当時の大阪府八尾市市議会議員の故・三宅博さんに会いました。拉致問題に熱心に取り組んでおられる方で、「これから政治について漫画を描くなら、北朝鮮による拉致問題を取り上げてほしい」と言われて、選挙後すぐに有楽町での家族会の皆さんの街宣活動に参加しました。この時が、横田夫妻にお目にかかった最初です。

当時はまだ日本政府も拉致を認めておらず、街宣活動に参加していると、ビラを受け取るどころか「そんなことあるわけないだろう」と罵声を浴びせられたりするのを体験しまして。私はそれまで拉致のことは全く知らなかったので、それを事実だと裏付ける資料等は読み込んでいませんでしたが、実際に会った家族会の皆さんと話して、「この方たちが嘘をつくはずがない」と、拉致問題解決の応援を決めました。たくさんの人に「拉致問題だけは怖いからやめなさい」と言われましたが、自分が親と疎遠でずっと孤独だったので、「家族が外国の政府に誘拐されたかもしれないのに、日本の政府が何も助けてくれないなんて、どれだけ孤独でお辛いだろう」と、応援をせずにいられなかったんです。

翌年の参議院選挙の時に増本照明さんが出馬されるのでと応援演説を頼まれ、新宿で演説した後、食事会で横田夫妻と隣り合わせて。めぐみさんと私の年齢が近いこと、めぐみさんがマンガ好きだったことから興味を持っていただき、横田夫妻とのお付き合いが始まりました。政府が認める前から一緒に活動をしていたので信じてくださり、ことあるごとに応援記事を頼まれるようになって、どんどん距離が縮まりました。

谷川：北朝鮮による拉致問題は、国家による暴力、暴挙です。昔の言葉を使えば、国家による「人さらい」です。こんな暴挙が許されていいわけがありません。人道的に見て手口が卑劣で卑怯です。何の罪もない子どもを家族から分断し、一生を捻じ曲げて何とも思わないという事に激しい怒りを覚えますし、人間としての深い悲しみを禁じ得ません。

末明さんが拉致問題に関わるようになった背景には、末明さん自身の生い立ちや家庭環境もあったと思いますが、末明さんの思いこそ「利他の心」です。

それにしても、日本政府の対応ははがゆいですね。拉致被害者の家族会が何度陳情しても、具体的な解決策は見出せないまま――。現在の国際情勢では難しいことも百も承知ですよ。「いろいろ難しい問題があってそう簡単にはいかないんです」――おそらくそんな弁明が返ってくることでしょう。そんなこともわかっている。知りたいのは、政府のこの問題に取り組む「本気度」です。

私は筑波大学の最後の10年近く組織の長で振り回されましたが、その経験から改めて認識させられたのは、組織のトップに求められるのは「決断力」と「実行力」だということです。

昨年（2023年）暮れから続いた政治の裏金問題にしても、目立ったのは自己保身ばかり。これでは本気度を疑われても仕方ないですね。

未明：2002年に政府が拉致を認めてからは、めぐみさんは死亡しているとか、遺骨の問題とかいろいろ続いて、ご夫妻が本当に心をかき乱されて苦しまれるのを間近で見て、私も胸が締め付けられるようでした。ますます解決のためにご協力したいと思うようになり、記事もたくさん書きました。ただ、そんな中で膠原病を発病したので、電車に乗ることも難しくなり、家族会の集会や活動の応援に行くことができなくなりました。すると今度は横田夫妻が私を訪ねてくれたんです。

「自分の娘が異国で困っているかもしれないことを思うと、未明さんが親とうまくいかず、病気なのに1人で苦しんでいるのを見て、放っておけないんです。できることしかできませんが、できることは何でもしますよ」と、食事に誘ってくれたり、料理ができなくても野菜をとれるようにと、野菜ジュースを送ってくれたり……。涙が出るほど、嬉しかったです。

それで私も「自分1人で出来る活動を」と、ベッドの上で作詞したり、拉致解決を訴えるホームページを英語で製作したのが、今に至る活動の始まりです。

谷川：そうだったんですか。横田さんの優しさが伝わってくる話ですね。

未明：そんな縁で、結婚式の仲人というか、親代わりをお願いしたらご快諾いただいて……。式は2013年6月9日でしたが、昨日のことのように思い出します。本当に有難かった。本当はめぐみさんのお式をこそしたかったろうに、と思いました。そこで、披露宴ではめぐみさんのスライドを使い、拉致問題の解決を訴えました。2017年に画家デビューをした時も、横田夫妻の肖像を中心に製作・展示しました。

谷川：未明さんにめぐみさんを重ねて式に臨まれていたのかもしれませんね。ご夫妻の心中を考えると言葉を失いますね。

未明：残念ながら、めぐみさんをはじめとする被害者の帰国がかなわないまま、横田滋さんは鬼籍に入られました。でも私は諦めたくないんです。今後も被害者の帰国を祈り、歌ったり描いたりしていきます。

(五) パリでの活躍

谷川：最近パリで絵が入選するなどフランスなどで活躍されていますが、どんな活動をしているのか教えてください。

未明：パリに行ったのは2017年の6月が最初です。まだ坂道を歩くのが難しくてみんなタクシーでしたが、画家の先生を頼ってまずパリに行き、いろんな偶然からモンマルトルのキャバレー（純粋にシャンソンを聞かせるアーティスティックな場所です）、オ・ラパン・アジル（Au Lapin Agile）を訪ねました。そこで生のシャンソンと本場のショーを見てすっかり虜になってしまい、フランス本場のシャンソンを学びたい一心で、半年ごとに通いました。

フランス語なんて片言しか話せなくて、いくつかのシャンソンの歌詞をカタカナのルビを振って覚えていたくらいなんですけど。やがてオーナーのイヴ・マチューさん（Yves Mathieu さん（2018年当時90歳。今は96歳）に覚えてもらい、遂には雑誌連載のための取材協力のお願いに了解をいただきました。

するとイヴさんの方から、「取材するとなると長いことパリにいることになって、ホテル代が大変だろう。うちには海外からのアーティストを受け入れる部屋があるから、空いているときは住んでいいよ」と言ってくれたんです。金銭的にも助かりましたが、彼らの生活の中に入って取材することができました。

ラパン・アジルは、アポリネールやピカソ、モディリアーニ、ユトリロ、ロートレック、サティら、錚々たる芸術家が出入りし、レオ・フェレ、クロード・ヌガロ、ジョージ・ブラッサンなどの有名歌手を輩出した場所です。エディット・ピアフも歌ったし、シャルル・アズナブールや画家時代のセルジュ・ゲンスブール、藤田嗣治も客として常連でした。

谷川：すごい！　当時からそのまま続いている店なんですか？

未明：そうなんです。100年以上前の机の落書きとかも古いまま残っていて。皆さんマイクなしで生の声で歌われるので、鳥肌が立つくらいの迫力です。

さて、その当時新進の画家だったピカソたちは、なかなか官展のル・サロンに入選できないので、自分たちでサロン・ドトーヌと言う展示会を立ち上げました。その後の画壇をリードする才能を輩出して、サロンと並ぶ展示会になるんですが、コロナの時期にネットを見ていたら、たまたまそこへの出品代行をしている日本の事務所を見つけました。試しに応募してみたら、入選できて。嬉しかったですね。

初入選はパリでの個展を計画した2021年。その年にはラパン・アジルの取材が実を結んで、『芸術新潮』で6か月の連載もできて、いい年でした。

谷川：すごい！　すごい！　すっかりパリジェンヌになり切ったかのような活躍ですね。難病を押してそこまでの活動ができるというのは驚異です。若いということもあるでしょうが、それ以上に医師のご主人のサポートがあってのことですね。

未明：本当に主人には感謝しています。主人のサポートがなければここまでやってこられませんでした。先生も奥様のサポートあってですよね。

谷川：とにかく私の場合は身動き一つ取れない状態ですので、妻への負担は想像以上だと思います。でも自分には何もできない。悔しいですよ。ＡＬＳを宣告されて6年目に入りましたが、その間1日も欠かさず本の原稿のことだけ考えて生きてきました。見方を変えればこんな贅沢はないわけで、発声できないために意思疎通できずケンカになることも時にはありますが、感謝あるのみです。

末明：「贅沢」と言い切れてしまうところが、先生のすごいところです。なかなかそこまでいかない。

パリにはもう一つ大きな出合いがありまして。私はもともとミシェル・ルグラン（Michel Legrand〜「シェルブールの雨傘」等の名曲で有名）の曲が好きで、２０２０年に発売した『MOULIN ROUGE』というアルバムでたくさんカバーしたんです。

その時アレンジを担当してくれたピアニストのクリヤ・マコトさんがミシェル・ルグランさんと共演していたこともあり、息子のバンジャマン・ルグラン（Benjamin Legrand）さんとデュエットさせてくれました。それがご縁で、今はラパン・アジルのピアニストのジャン・クロード・オルファリ（Jean-Claude Orfali）さんに手伝ってもらい、パリでのレコーディングを進めています。バンジャマンとのデュエットと私のソロと、album一枚分をパリで仕上げるつもりです。

2024年の今年は、『藝術新潮』での連載に、私の再起の物語を加えた書籍『命の水〜モンマルトル——ラパン・アジルへの道』（ワニプラス）も出版され、フランス語の翻訳の話も進んでいます。小さなお店の出演やラジオの出演依頼も来たりしているので、今後は日本とパリを行き来しながら、絵と歌と執筆と、体と相談しながらですがやっていきます。

ハンディがあっても、言葉がそんなに話せなくても、思いを理解してくれる友達がいると、できることは広がると実感しています。

谷川：マンガ家としてデビューを果たした上に、難病と闘い、歌手として画家として活躍している姿から多くの人々が生きる勇気と希望の光を与えられるものと確信しています。

今回の対談でひと際印象的で嬉しい言葉を耳にすることができました。それは私の「親戚の子」だと考えていたというひと言でした。いえ、いえ、私はずっと「実の娘」のように思っていましたよ（笑）。だから頑張ってください。難病なんかに負けずに！

末明：キャー、嬉しい!! 本当に、「実の娘」にしてくださいね!! 「パパ」って呼んじゃいますよ!!

谷川：OK、OK！　いつでも遊びに来てください。最後に、世界中の苦しんでいる仲間たちへのメッセージをお願いします。

末明：はい。病気だけでなく、今は戦争や災害などの困難の中にいたり、教育の機会を奪われたり、家族を失ったり、いろんな苦境の方がいらっしゃると思います。でも、みんながそれぞれに辛いこと、信じあえる友達と手を携えたら乗り越えられることを忘れないでほしいです。病気やトラブルは、考え方を改めたり人の辛さを思いやるために必要な、学びのチャンス。どんな困難も、自分の考え方1つでギフトになります。

谷川先生が私たちに勇気をくださるのは、誰よりも大変な困難に、笑顔で向き合っていらっしゃるからです。私が横田夫妻に救われたのは、私以上の苦しみをご存じだからです。その言葉は本当に心に沁みる。苦しい時にたくさん救っていただきました。

困難という暗闇を知っている人は、誰よりも光を放ち、他の人に「大丈夫だよ」と言える道標になれるんじゃないでしょうか。だから負けないでほしい。どんな暗い夜も、必ず夜明けが来ます。

谷川：ありがとうございました。本当はエンジン01 in市原の講座でご一緒したかったのですが、お仕事の関係で参加されなかったので夢はかないませんでした。でもこうして対話して未明さんの生き方から学べたことは、かけがえのない経験ですし、私たち苦しみと闘っている者にとってはまさに宝となりました。

つい先日、マンガ界の未明さんの大先輩である里中満智子先生からお手紙をいただきました。隔月に発行しているT２通信へのお礼でした。

「谷川先生　ごぶさたしています。いつも通信ありがとうございます。ものすごくはげみになるお言葉。どれだけ力づけられるかわかりません。先生はご自分で思っていらっしゃる以上に人々の支えになっておいでです。ますます光り輝くことを期待して！」

私にはこの言葉がまだ実感を持って受け止められていないのですが、しかしもしその何パーセントかが真実だとしたら、残された命をそのために捧げましょう。

お手紙の最後に吹き出しでこう書かれていました。

「心の筋肉チャンピオン!!です！」

さすがにうまいこと言いますね。未明さんとの対談でその道が少し開けたかな？

ありがとうございました。

未明： 此方こそありがとうございました、谷川パパ！　今度会いに行きますね!!

さかもと未明 プロフィール

1965年・横浜生まれ。家族に絵を描くことを反対され、悩んで育つが、1989年漫画家デビュー。2006年から新聞漫画連載や、日本テレビ「スッキリ!」コメンテイターも務める。しかし同年、難病の膠原病を発症。漫画家なのに手が動かなくなり、歌手活動を開始するも、2010~2016年は歩行も困難になり休業した。2016年から版画制作を始め、2017年吉井画廊で画家デビュー。2018年・2024年は、拉致被害者の帰国を祈り、バチカンの大聖堂でオリジナル曲を歌唱。2021、2022、2024年、サロン・ドトーヌ入選。日仏を往復し表現活動を続けている。

撮影　藤田修平

あとがき

ＡＬＳ宣告後、私は３つのことを祈りながら本を書いてきました。「私の命の存続」と「妻の無事」と「パソコンの無事故」です。この３つは私の執筆活動を支える屋台骨みたいなもので、このうちどれか１つでも崩れたら私の活動は完全にアウトになってしまうのです。その意味では、この３つは私にとっては大きな不安であり恐怖でもあるのです。本を書きながらいつも「この本が完成するまでは、何も起こらないでくれ――!!」と祈っていました。

最近とみに、自分の命が私から離れていっているように感じています。自分の命を自分の力でコントロールできないのです。ＡＬＳの場合、人工呼吸器を付けていれば延命可能だと言われています。ところがこの呼吸器が要注意なのです。気管切開（気切《きせつ》）したところにカニューレという器具をはめ込み、そこに「蛇腹《じゃばら》」と呼ばれる回路を接続して空気を送るシステムなのですが、この回路がよくカニューレから外れることがあるのです。

外れると呼吸ができなくなり、死に至ります。そんなに危険なら回路をカニューレに固定すればいいじゃないかと考えるでしょうが、そう単純でないのが厄介なところです。

固定してしまうと、回路が引っ張られたりよじれたりした場合カニューレが気切から外れる危険があるからです。そうなったら即死です。

結局のところ、回路が外れたら誰かに接続してもらうしかないのですが、致命的なのは声を挙げて助けを求めることができないことです。アラームは鳴るのでヘルパーが同室にいる場合は心配ないのですが、それ以外の時間帯は常にこのリスクに直面しています。

ある時回路が外れて呼吸ができなくなり、助けも求められずもがき苦しんだことがあります。その間わずか2分程度でしたが、次第に気が遠くなり、このまま死ぬのかと覚悟しました。それほど呼吸できないことは苦しいことなのです。回路が外れることによる事故死は知人の関係者にもあったそうで、知人は「3分が勝負だよ」と語っていました。

この事故の怖いところはいつ何時起こるか全く予測できないことです。「一寸先は闇」とはよく言われますが、私の場合は「1秒先は闇」なのです。

先の2分間の危機から救ってくれたのは妻でしたが、妻憲子はあらゆる意味で私の司令塔になってくれています。ケアマネさんをはじめ医療スタッフ・介護スタッフとの折衝はもちろん、入退院の手続きに至るまで全てのケアのマネジメントをこなしています。

それればかりか、週3日ほど看護学校の講師や発達障害者センターの相談員等の仕事に出るほど元気で、何の心配もないと思っていました。

ところが思いがけないところに落とし穴（?）がありました。ある晩家族で夕食を囲んで幼い頃の昔話に花が咲いている時の話です。妻が両親からいつも「憲子は粗忽者《そこつ》だ」と言われていたというのです。聞いた時は一瞬「ソコツモノ」って何のこと？　と思いました。「粗忽」というのは「そそっかしい」「おっちょこちょい」という意味ですが、私はそのように人を見たことはありませんでした。言わば私の頭の中の辞書には「粗忽」という言葉はなかったわけで、当然のことながら妻を粗忽者だなどと思ったことは一度もありません。

しかし、妻は続けてこう言いました。小学生の頃本を読みながら歩いていて電柱によくぶつかったことがあると。それを聞いた途端長年抱いていた疑問が解けました。結婚する前の話です。当時の東京の目抜き通りには都電という、どこまで乗っても15円というチンチン電車が走っていました。

妻はある日友人たちと有楽町に行こうとして都電に乗ったそうです。妻が乗りがけに車掌さんに「行きますか?」と訊いたところ、車掌さんは快く「行きますよ！」と答えてくれたとのことです。

ところが電車は有楽町とは違う方向へ走っていることに気づき、車掌さんに「さっき行くと言ったじゃないですか」と問うたそうです。すると帰ってきた答えが「行きますか？　と訊かれたので、行きますよと答えただけです」

愛嬌として笑って済ませる話ですが、その時は「女性というのはこういう思考法をするものだろうか」と真剣に考えたことをよく覚えています。妻は3人姉妹の長女でしっかり者というイメージが強かったのですが、その反面こんなそそっかしさがあることを改めて知ることができました。

そう言えば、これまでも不注意で転倒して骨折したことも何度もありました。憲子には私の命の司令塔として元気でいてもらわねばなりません。高齢者による交通事故が頻発しています。くれぐれも行き先を間違えないように（！）、そして事故を起こさないよう祈っています。

私の日々の執筆活動を支えてくれているのは、伝《でん》の心《しん》という障害者の意思疎通用に開発されたパソコンです。対社会の交信は100パーセントこの伝の心で行っています。まさに命綱なのです。20世紀最大の発明はコンピュータだと言われますが、よくぞ開発してくれたと人類に感謝するのみです。

伝の心は障害者の意思疎通のためのパソコンと言いましたが、私は通常のパソコンの代わりとして使っています。手は動きませんが、腕にかすかに残る力で特殊なマウスを押して操作します。文字を打つにも通常のパソコンの数十倍の手間暇がかかりますが、辛抱強くやりぬけば本を書くこともできます。ただ、それは壮絶な戦いです。

毎日10時間ほど伝の心に向かっていますが、いつも恐怖に思っているのは、パソコンの不具合です。機械ですから不具合が生じるのは避けられませんが、パソコンが機能しなくなった時の絶望感は想像を絶するものがあります。

でも、厳しい状況で本書を完成できたことは無上の喜びです。直接間接にご支援いただいた全ての皆様に心より感謝申し上げます。

私はこの本を書くことによって、
一歩成長することができました。
「利他の心で生かされ生かす」の境地を知って、
生きることの素晴らしさと豊かさを
感じ取りました。
どんな困難にもくじけず

生き切りましょう！
そう考えている私は幸せです。
そんな幸福空間を届けてくれた
ＡＬＳよ、ありがとう！

谷川 彰英（たにかわ・あきひで）

1945年長野県松本市生まれ。作家（地名作家）。教育学者。筑波大学名誉教授（元副学長）。柳田国男研究で博士（教育学）の学位を取得。学問もそれに基づく教育も人間を幸福にするためのものでなければならないとの思いで、教育改革と地名研究に取り組んできた。筑波大学退職後は自由な地名作家に転じ、多数の地名本を出版。NHK「人名探究バラエティ―日本人のおなまえっ！」など各種番組にも出演してきたが、2018年２月に突如体調を崩し、翌19年５月にALS（筋萎縮性側索硬化症）の宣告を受けた。しかし、それに負けじと本の執筆を継続。ALSに関する著書に『ALSを生きる いつでも夢を追いかけていた』（2020年）、『夢はつながる できることは必ずある！――ALSに勝つ！』（いずれも東京書籍、2022年）があり、本書が３冊目。地名本には『日本列島 地名の謎を解く』（東京書籍、2021年）、『全国水害地名をゆく』（インターナショナル新書、2023年）などがある。

ALS　苦しみの壁を超えて

利他の心で生かされ生かす

2024年9月30日　初版第1刷発行

著　者　　谷　川　彰　英
発行者　　大　江　道　雅
発行所　　株式会社 明石書店
〒101-0021　東京都千代田区外神田6-9-5
電　話　03（5818）1171
ＦＡＸ　03（5818）1174
振　替　　00100-7-24505
http://www.akashi.co.jp
装　　　丁　　清家　愛［株式会社スピーチ・バルーン］
印刷・製本　　モリモト印刷株式会社

（定価はカバーに表示してあります）　ISBN978-4-7503-5841-3

ハーベン

ハーバード大学法科大学院初の盲ろう女子学生の物語

ハーベン・ギルマ［著］
斎藤愛、マギー・ケント・ウォン［訳］

◎四六判／上製／368頁　◎2,400円

サハラ砂漠の灼熱の太陽の下での学校建設から氷山を登る体験、ホワイトハウスでのオバマ大統領との会見まで、障害を革新のチャンスと捉え、すべての人のアクセシビリティ向上をめざす弁護士として活躍する盲ろう女性・ハーベンのぞくぞくする体験をユーモアあふれる表現で綴った回想録。

●内容構成

〈価格は本体価格です〉